L'envol du dragon

Jean-Luc Bizien

L'envol du dragon

Les Empereurs-Mages

TOME 3

BAYARD JEUNESSE

Pour les samouraïs du 14e,
pour leur patience et leurs sourires,
leur chaleur et leur disponibilité,
et mes doutes et leurs éclats de rire...
l'assurance indéfectible de ma plus profonde amitié !

Pour Elric, pour celles et ceux qui le rejoindront peut-être, un jour...
et pour cette « fille qui m'accompagne ».

Jean-Luc Bizien

Car il en est des héros
Comme des plus belles aventures :
Ils ne meurent jamais...
Dans les chants des anciens.

Illustration de couverture : Jean-Yves Kervévan

3, rue Bayard, 75008 Paris
ISBN : 2227 76203 9
Dépôt légal : novembre 2000
Loi 49-956 du 16 juillet 1949 sur les publications destinées à la jeunesse

Prologue

Arh'En Dal dormait mal depuis quelques semaines. Bien sûr, Kaylan et Sheelba avaient vaincu, et l'Empereur-Mage avait survécu à son périple dans le ventre du Dragon… Mais le grand prêtre savait le réveil du Titan inéluctable. Il y avait eu trop de fureur, trop de bruits. On avait dû utiliser la magie, recourir aux sortilèges les plus puissants. *On avait troublé le sommeil du Dragon…*

La foule fêtait l'enfant des souverains. On le regardait grandir avec ravissement, on en oubliait presque le visage marqué de Kaylan, qui porterait à jamais les stigmates de sa descente au cœur des Ténèbres…

Arh'En Dal traversa sa chambre et se posta à la fenêtre. En bas, la joie emplissait les rues. Les musiciens jouaient des mélodies entraînantes, rythmant les déplacements des farandoles au son des tambourins et des crécelles. Les échos des rires résonnaient jusque dans les couloirs du palais.

Le vieil homme soupira. Il ne partageait pas l'enthousiasme des foules. Une boule d'angoisse lui nouait le ventre ; sa respiration était oppressée. Il le sentait : il était trop tard pour que le Dragon se rendorme.

Le Titan bougeait, s'éveillant peu à peu.

Des secousses parcouraient Selenæ, mais personne n'y prêtait attention. La fête anesthésiait les sens.

Arh'En Dal hésitait : fallait-il en parler aux souverains ? Fallait-il gâcher leurs derniers moments de bonheur ?

Le grand prêtre se décida enfin à quitter sa chambre et se rendit aux appartements impériaux, où Kaylan l'accueillit à bras ouverts.

– Mon vieil ami ! Quelle bonne nouvelle t'amène ?

Arh'En Dal esquissa un pauvre sourire. Toutes ses résolutions venaient de s'envoler. Non, il n'aurait pas le cœur d'entretenir Kaylan de la situation !

Il s'enquit de la santé de Sheelba, et le monarque le rassura : son épouse allait mieux, tout comme son fils.

– Viens avec moi ! Ils se reposent dans la chambre.

Sheelba était allongée sur le lit. Elle lui adressa un signe amical de la main. Le bébé dormait paisiblement à ses côtés. Son souffle était léger et régulier.

Les bruits du dehors leur parvenaient étouffés.

Un tintement de cristal fit sursauter Arh'En Dal. « Le Titan a bougé », songea-t-il aussitôt.

En écho, le bébé se mit à gémir. Arh'En Dal s'approcha du lit. L'enfant geignait dans son sommeil. Il s'agitait. Sheelba le prit dans ses bras et le berça.

– Dors, Shaar-Lun ; dors, mon bébé…

Le tintement du cristal résonna de nouveau, et l'enfant fut secoué d'un spasme violent.

Sheelba lança un regard inquiet à Kaylan. Elle reposa Shaar-Lun sur le lit, et Arh'En Dal se pencha sur lui, soucieux.

Il l'ausculta avec soin et découvrit le tatouage qui marquait sa gorge blanche.

Le Dragon s'animait sur la peau de l'enfant…

Le grand prêtre ne quittait plus des yeux le dessin qui dansait sur le cou de Shaar-Lun. Ainsi, l'enfant réagissait en accord avec le Titan ? Il entretenait une forme d'empathie avec le Dragon…

Arh'En Dal songea à la prophétie, au Grand Livre enfermé dans la bibliothèque des prêtres de la Lune sombre.

Le bébé paraissait si fragile, sans défense…

– Se pourrait-il…

Arh'En Dal murmurait, craignant d'être entendu par les Empereurs-Mages :

– Se pourrait-il que tu sois l'Élu ?

C'était peu avant le cataclysme, la destruction de Selenæ.

Avant l'envol du Dragon, et l'avènement des Ténèbres.

C'était il y a une dizaine d'années…

1

L'adolescent bondissait de ruine en ruine. Il traversait les espaces découverts pour plonger au plus vite dans les zones d'ombre qui l'engloutissaient. Il épousait alors les ténèbres, se faufilait entre les murailles effondrées. Il longeait les tranchées, prenant soin de se mouvoir en silence. Ses pieds soulevaient de petits nuages de poussière.

La ville ravagée offrait le terrible spectacle de la guerre : on eût dit la carcasse de quelque créature gigantesque gisant, éventrée, à même le sol. C'était comme un géant foudroyé, dont la chair corrompue se délitait en dessinant un monstrueux labyrinthe. Dans la lumière ténue des étoiles, les ombres se muaient en une armée de visages menaçants. On s'attendait, à chaque pas, à voir surgir un prédateur hurlant. Et Shaar-Lun allait, ombre parmi les ombres, poussière insignifiante sur ce décor d'apocalypse.

Souvent, il s'adossait à l'angle d'une bâtisse. Il tendait l'oreille, attentif au moindre bruit. Un frôlement, un craquement infime étaient autant d'alertes : il crispait les doigts sur le manche de sa dague. Son cœur s'emballait, il bandait tous ses muscles et se tenait prêt à combattre. « Ils sont là, songeait-il avec angoisse, ils sont partout… »

Au bout d'un moment, il secouait la tête : « Tu t'inquiètes pour rien, il n'y a personne ici. Arh'En Dal se fait trop de souci… Cesse donc d'alimenter tes peurs d'enfant : tu dois y arriver. »

Il reprenait alors son chemin avec une énergie nouvelle. La voix de son père résonnait à ses oreilles. « Tu n'as que dix ans, ne l'oublie pas, mon fils, répétait Kaylan. Tu possèdes le corps d'un homme, mais tu n'en as pas la sagesse et l'expérience ! » Ces remontrances amusaient Shaar-Lun. Dix ans ? La belle affaire ! Il était fort, agile. Il était rapide et intelligent. Ses amis étaient plus âgés que lui, ils l'avaient toujours été…

À l'issue d'une dernière pause, il se força à inspirer profondément et songea à Fawna. Le visage délicat de sa compagne lui apparut, et il se détendit avant de reprendre sa progression vers le centre de la cité. Fawna l'avait accepté tel qu'il était : elle l'aimait sans se soucier de sa différence. Il avait vieilli plus vite que les autres enfants, elle ne l'ignorait pas. Ne s'était-il pas trouvé au contact du Dragon ?

– Fasse la Lune sombre qu'il parvienne à la porte du temple ! gémit Fawna.

Elle se mordillait nerveusement les lèvres et s'efforçait de suivre les déplacements du jeune homme. À ses côtés, deux adolescents l'imitaient : Jardel et Oona étaient des compagnons de longue date. Ils avaient grandi ensemble, dans les montagnes avoisinantes. Ils combattaient eux aussi pour la survie des rebelles, depuis l'avènement des Ténèbres.

Quand Arh'En Dal, le grand prêtre de la Lune sombre, leur avait confié la mission, ils l'avaient acceptée sans une hésitation. Ce n'était pas le fils des Empereurs-Mages qu'ils escortaient ainsi : Shaar-Lun était comme leur frère.

En arrivant aux abords de Selenæ, ils s'étaient séparés. « Inutile d'avancer ensemble, avait dit le jeune prince. Je serai plus discret seul. Contentez-vous de me surveiller et de me couvrir. »

Il avait déposé un rapide baiser sur les lèvres de Fawna et s'était empressé de s'éloigner.

Aucun d'entre eux ne s'y était opposé : Shaar-Lun agissait en chef, il en avait toujours été ainsi. La mort dans l'âme, ils étaient tous trois restés à la lisière des ruines, juchés sur un contrefort de pierre, d'où ils pouvaient suivre la progression du jeune homme. Fawna se rongeait les sangs chaque fois que Shaar-Lun disparaissait. Quand l'ombre le happait, elle restait tétanisée, cherchant à percer le rideau opaque des ténèbres, et elle ne se détendait que lorsqu'il ressurgissait, funambule dansant au bord des gouffres sans fond de la cité détruite.

Jardel fut le premier à réagir.

– Il y arrive, souffla-t-il. Il est tout près !

Là-bas, l'adolescent abordait la dernière ligne droite. Devant lui s'ouvraient les vestiges de l'avenue impériale, qui faisait autrefois la fierté des habitants de Selenæ. À cette seule évocation, Fawna sentit son cœur se serrer. Ses parents lui avaient maintes fois conté la vie de la cité, les merveilles de la capitale, les splendeurs du palais. Las ! Selenæ n'était plus que cendres et éboulis.

Elle s'ébroua pour chasser au loin ces images funestes. Elle devait se concentrer, surveiller Shaar-Lun, prévenir toute attaque !

– J'aurais tant voulu que Arh'En Dal soit avec nous ! murmura-t-elle.

– Tu sais bien que c'est impossible, répliqua Oona. Il doit rester au campement. L'impératrice a besoin de lui…

Oona s'étrangla : Shaar-Lun venait de se figer au milieu de l'avenue.

– Que… ? Par la Malemort, s'exclama Jardel, il reste à découvert !

Fawna ne l'écoutait déjà plus. Elle s'était élancée :

– Shaar-Lun, non ! Ça le reprend ! Encore une de ses crises !

Jardel étouffa un juron et bondit de sa cache. Il saisit fermement Fawna par le bras et lui plaqua une main sur la bouche.

– Assez ! siffla-t-il. Tes cris vont attirer l'attention. Ce n'est pas la première fois que cela se produit : il est ainsi chaque fois qu'il marche sur les traces du Titan…

Il attendit que la jeune femme se détende avant de la libérer. Elle se défit rageusement de son étreinte et secoua ses boucles rousses. Une ride butée creusait son front, et sa voix tremblait :

– C'est trop dangereux, cette fois. On ne peut pas le laisser seul là-bas. Il faut y aller…

Oona les avait rejoints :

– Elle a raison. Il faut y aller sans plus attendre. Il a besoin de nous.

Jardel hésitait :

– Il ne voulait pas. Il nous a ordonné de rester là, de le surveiller…

– Mais ce n'est qu'un enfant ! gémit Fawna.

– Non ! Shaar-Lun est différent, répliqua le jeune homme. Et vous savez toutes deux qu'il ne supporte pas que nous le traitions en petit frère…

– Jardel, je t'en prie !

La voix de Fawna se faisait suppliante. Jardel dévisagea ses compagnes et soupira, vaincu :

– Soit. On y va. J'ouvre la marche.

Ils s'élancèrent sans bruit.

Shaar-Lun avait rampé un long moment, à couvert d'un muret. À quelques pas, le temple dressait sa haute silhouette au milieu des décombres. Il pouvait en voir la porte massive au bois gravé de runes gardiennes.

« J'y suis, se félicita-t-il. Ce n'était que ça. Bientôt, j'aurai le Grimoire ! »

Il faillit se redresser et parcourir les derniers mètres qui le séparaient encore de son but, mais se retint. Il cédait trop souvent à son impulsivité, à son insouciance. Il devait souffler, se calmer : l'enjeu était trop important.

Il leva les yeux et détailla le temple, formidable silhouette s'élevant comme une sourde menace au-dessus de sa tête. C'était une construction lourde et sans charme, une forteresse aux murs épais. Elle détonnait autrefois, tranchant avec la splendeur des maisons de Selenæ. Mais elle avait été la seule à résister au réveil du Titan… Arh'En Dal lui avait raconté comment on avait érigé ce lieu de culte, comment les mages s'y étaient relayés, unissant leurs efforts pour en faire un sanctuaire imprenable. Il lui avait décrit les sortilèges de protection, les trésors d'ingéniosité qu'il avait fallu déployer. Il lui avait enseigné patiemment les rituels qui lui permettraient d'en violer les secrets.

« Le moment est venu, se dit-il en se redressant. Concentre-toi, va jusqu'au bout. »

Il jeta un rapide coup d'œil de droite et de gauche, s'assura que rien ni personne ne se tenait dans les parages et se décida à s'avancer à découvert. Il jubilait : « Ça y est ! J'ai gagné ! Je serai le Sauveur ! »

Il s'immobilisa soudain, portant la main à son cou. Une pulsation violente le lançait. « Non ! songea-t-il avec effroi. Pas maintenant ! Pas si près ! »

Ses yeux se révulsèrent et il tomba lourdement sur la rocaille.

Une plainte jaillit de sa gorge tandis que les souvenirs le submergeaient.

D'abord vint la douleur. Comme une explosion au fond de son esprit embrumé. En déferlantes de lave, elle envahit tous ses membres, déchira ses entrailles... Il gémit, se recroquevilla, tenta de réprimer le haut-le-cœur. En vain. Les spasmes s'intensifièrent encore. Ils le torturaient.

Il hurla sa souffrance, sa rage d'être ainsi réveillé. Il se raidit, et l'onde de choc se répercuta jusqu'à la surface, soulevant la terre, envoyant voler l'herbe, les rochers, détruisant les maisons. Les hommes émergeaient des ruines, affolés. Ils couraient en tous sens, pleuraient, fuyaient éperdument.

Il n'en avait pas conscience. Seule comptait la douleur de l'éveil.

Il rugit de plus belle, déployant ses ailes, redressant son cou. Les roches se liquéfièrent au contact de son haleine brûlante, le sol se dessécha, explosant en croûtes noircies. L'eau se mua en nuages vaporeux, fusant vers la surface en souffles rageurs. Là-haut, les mages luttaient pour refermer les plaies de la terre, les prêtres s'évertuaient à secourir les blessés. L'armée tentait d'endiguer le flot des fuyards : il fallait réfréner la panique, organiser la fuite. Peine perdue : aveugles et sourds, terrorisés, les derniers habitants de Selenæ se jetaient dans les ruelles, se pressant les uns contre les autres, piétinant ceux qui tombaient, insensibles à leurs cris. Les Empereurs-Mages conjuguaient leurs efforts, lançant de puissants sortilèges de protection, tissant une toile au-dessus des survivants.

Il ouvrit les yeux et distingua, loin au-dessus de sa gueule, une ouverture. Il aperçut les étoiles. L'appel de l'immensité eut raison de sa torpeur : il avait assez attendu, il était resté trop longtemps enfermé !

Il étendit ses ailes et s'élança, indifférent au concert de cris, de lamentations qui s'élevaient à l'entour. Sa gueule monstrueuse jaillit de terre, dans un formidable soulèvement du sol. Partout, les maisons s'effondraient, les flèches se disloquaient, châteaux de cartes livrés à l'assaut du vent. Le palais trembla un moment dans la tourmente, puis s'affaissa dans un fracas de fin du monde.

Les premiers fuyards atteignaient les collines avoisinantes quand la gueule du Titan apparut. La terre s'agita, comme la mer au plus fort de la tempête, et des vagues de boue roulèrent de tous côtés, happant les retardataires. Le Dragon prit son élan et s'arracha de sa gangue de pierre.

La déflagration fut telle qu'elle jeta tous les témoins au sol.

Parmi eux, un vieil homme s'obligeait à contempler le spectacle.

Le cœur gros, il vit le Dragon déployer ses ailes, prendre son envol, masquer le ciel.

Les ténèbres engloutirent le paysage. Un froid terrible pétrifia ses membres.

Arh'En Dal formula quelques prières. Il resta là un long moment, le visage baigné de larmes.

– Je le savais, balbutiait-il, les présages étaient clairs...

Il s'en voulait de n'avoir pas su persuader les habitants de l'imminence du danger. Ce désastre le mortifiait.

Le Titan battit des ailes, et le souffle jeta tous les humains sur le sol. En quelques instants, le monstre disparut.

– Il poursuit le soleil, gémit Arh'En Dal. Il va se placer devant lui. L'Ère de la nuit commence. C'est l'avènement des Ténèbres...

Devant lui, dans la vallée, la poussière retombait lentement. Les étoiles perçaient à nouveau son rideau grisâtre, baignant d'une lueur blafarde le tableau de désolation. Le grand prêtre se releva avec peine. Des plaintes s'élevaient de toute part ; il fut pris de vertiges.

Soudain, Sheelba apparut, serrant son bébé contre son sein.

Elle ne parvenait pas à parler. Elle plongea ses yeux dans ceux du vieil homme, qui la prit doucement dans ses bras.

– Il est trop tard, murmura-t-il. On ne peut plus rien faire. Le Dragon s'est envolé.

Contre son épaule, l'impératrice pleurait en silence. Arh'En Dal s'écarta doucement et lui prit le bébé. Ce dernier ouvrait de grands yeux étonnés. Il semblait n'éprouver aucune peur. Sur sa gorge, le tatouage pulsait, dansant sur sa peau diaphane.

– Shaar-Lun, lui chuchota Arh'En Dal, tu es notre dernier espoir...

L'enfant dévisagea le vieil homme. Il entrouvrit les lèvres comme pour lui répondre...

– Shaar-Lun, gémit Fawna, Shaar-Lun ! Réponds-moi ! Réveille-toi !

Le jeune homme reprit conscience dans un râle. Il étouffait. Il se redressa vivement, toussant et crachant sans parvenir à retrouver son souffle. Il s'aperçut enfin de la présence de ses compagnons autour de lui.

– Je… Qu'est-ce qui ?…, balbutia-t-il.

Fawna n'eut pas le temps de répondre.

Dans son dos, des cris inhumains éclatèrent.

2

Jardel réagit le premier. Il saisit les fléaux qui pendaient à sa ceinture et décrivit des moulinets, balayant l'air devant lui. Le sifflement rageur des bâtons ferrés, reliés par des chaînes épaisses, rassura ses compagnons. En dépit de son jeune âge, Jardel était un combattant redoutable.

– Montrez-vous, cria-t-il, venez donc goûter à mes armes !

Oona fut aussitôt à ses côtés. Elle brandissait une épée courbe, qu'elle tenait à deux mains.

– Fawna, Shaar-Lun ! Au temple ! lança-t-elle sans se retourner.

Déjà, des silhouettes menaçantes se dessinaient entre les décombres alentour. Des humanoïdes agitaient en vociférant leurs membres tors en direction du petit groupe. Quelques pierres volèrent.

Fawna serra les dents et releva son compagnon.

– Elle a raison, s'écria-t-elle. Nous ne pouvons plus abandonner ! Allez, Shaar-Lun, il faut entrer dans le temple !

Le jeune homme se redressa, l'esprit encore embrumé. Il réalisa soudain la présence des prédateurs dans les ruines et frissonna. Il reconnaissait les silhouettes des *enracinés*, ces habitants de Selenæ qui avaient refusé de quitter leur demeure avant l'envol du Dragon… De folles légendes circulaient à leur sujet : on les disait aveugles, pervertis au contact de la Bête. C'étaient pour la plupart des mutants qu'on pensait cannibales !

Il recula précipitamment et se heurta aux premières marches du temple. Il battit des bras et manqua de s'étaler à la renverse.

– Shaar-Lun ! Non !

Fawna avait hurlé de terreur. L'entrée du temple était protégée par des runes, qu'il fallait désactiver avant de s'avancer, sous peine d'être foudroyé. Elle l'agrippa au col et l'aida à se rétablir. Il fit aussitôt volte-face, soutenu par la jeune femme.

Non loin, Oona et Jardel entamaient le combat. Dos à dos, ils luttaient contre la dizaine d'enracinés qui les encerclaient. Des bruits confus d'acier et des grognements lui parvenaient... Shaar-Lun s'efforça de faire le vide dans son esprit. Il lui fallait reproduire les gestes que Arh'En Dal lui avait appris.

Il prit une profonde inspiration, puis effectua une étrange pantomime, semblant chercher des fils invisibles pour les nouer les uns aux autres.

Enfin il posa un pied sur la première marche. Fawna retenait son souffle. Quand sa sandale effleura la surface, la dalle de pierre émit un éclair bleuté. Shaar-Lun s'immobilisa une fraction de seconde, puis son visage s'illumina d'un sourire.

– La voie est libre ! s'exclama-t-il.

Ils gravirent tous deux les marches au pas de charge. Le portail du temple de la Lune sombre se dressait devant eux comme un ultime rempart.

Plus loin, Oona et Jardel cédaient du terrain. Le guerrier hurla de douleur quand les griffes d'un des assaillants l'atteignirent à l'avant-bras. Il blêmit.

– Je suis touché, cria-t-il à sa compagne. Va-t'en, Oona, rejoins les autres ! Vite !

Oona eut du mal à comprendre ses paroles. Elle ouvrit la bouche, mais fut incapable de prononcer le moindre mot. Elle rompit l'assaut et prit la fuite. Les cheveux plaqués sur le visage, les yeux emplis de larmes, elle courut jusqu'à l'escalier. En quelques bonds, elle fut au côté de Fawna.

Shaar-Lun poussa un cri de victoire : avec un grincement déchirant, le portail s'ouvrait.

– Nous avons réussi !

Il plongea dans les ténèbres du temple, imité par Fawna.

La jeune femme se retourna pour aider Oona, mais celle-ci restait figée sur le seuil du temple.

– Oona ? Que se passe-t-il ? Vite, mets-toi à l'abri !

Les lèvres d'Oona étaient entrouvertes sur une plainte muette. Une bulle de sang naquit sur sa bouche, et elle glissa au sol.

Derrière elle, un humanoïde tendait encore les griffes acérées avec lesquelles il avait exécuté sa victime. Il leva les bras avec un cri de haine et enjamba le corps inerte pour s'attaquer à Fawna.

Avec un rictus meurtrier, la jeune femme saisit à sa ceinture un dard d'acier, qu'elle lança à toute volée. Le projectile atteignit sa cible au front. Poussant un râle, la créature bascula en arrière et roula au bas des marches.

Sans plus réfléchir, Fawna s'arc-bouta contre le portail pour refermer l'entrée du temple.

– Fawna ? Que… que fais-tu ?

Shaar-Lun s'était approché, incrédule :

– Oona ? Jardel ?

Il n'osait deviner l'issue du combat. Fawna ferma les yeux et se contenta de secouer la tête.

Shaar-Lun serra les poings :

– Ils vont me le payer !

Il psalmodia une incantation, et tendit les mains vers les marches. Les créatures qui s'y élançaient furent aussitôt encerclées par un mur de flammes.

Fawna et Shaar-Lun, une main en visière, finirent de pousser la lourde porte. Un concert de glapissements s'éleva de l'autre côté, et les silhouettes difformes s'affaissèrent une à une dans le torrent de feu.

Déjà, une seconde vague d'assaillants contournait le bûcher.

Les enracinés parvinrent trop tard en haut des marches. Ils enrageaient de voir leurs proies leur échapper et s'acharnèrent sur le portail. À l'intérieur, Fawna et Shaar-Lun, épuisés, s'étaient adossés à la barrière providentielle. Ils sentaient les vibrations, les tremblements du bois, mais n'en avaient cure : la porte était solide, elle interdisait l'accès au temple. Ils étaient à l'abri, maintenant : les prédateurs nocturnes se fatigueraient en vain. Il leur faudrait trouver d'autres victimes.

Shaar-Lun fouilla dans une bourse de cuir et en sortit une petite pierre de lumière. Le caillou rond diffusait une lueur tremblante – la seule que leurs yeux pouvaient encore supporter.

Depuis que le Dragon s'était envolé, la nuit perpétuelle régnait sur Selenæ. Le Titan suivait le soleil, il se nourrissait de sa chaleur. Sa formidable envergure obscurcissait le ciel, plongeant le pays dans les ténèbres. Les rescapés avaient appris à vivre dans cette obscurité permanente, développant leurs sens : ils jouissaient d'une très bonne ouïe, d'un excellent odorat… mais leurs yeux étaient sensibles à toute lumière, hormis celle des étoiles et de la Lune sombre.

Shaar-Lun fit jouer la pierre dans ses doigts. Il observait à la dérobée le profil de sa compagne. Fawna était une adolescente maigre au visage fin et volontaire. De longues boucles rousses tombaient en cascade sur ses épaules. Shaar-Lun esquissa un sourire attendri. Il aimait son nez un peu trop long, ses sourires éclatants et les petites rides qui encadraient ses yeux. « Des rides de rire ! » lui rappelait-elle souvent. Songeant soudain à ses deux amis morts, à l'extérieur, il s'assombrit. Depuis l'envol du Dragon, ils étaient en guerre ! Le peuple de Selenæ avait perdu sa fierté. Les habitants s'étaient peu à peu transformés en bêtes traquées. Les créatures du chaos pullulaient.

Oona et Jardel n'étaient que deux victimes parmi tant d'autres… Combien Shaar-Lun avait-il perdu d'amis depuis l'avènement des Ténèbres ? Il serra les mâchoires et envoya rouler le caillou devant lui. Il devait oublier la douleur, se concentrer sur sa mission !

La faible source lumineuse leur permit de découvrir l'intérieur du temple.

C'était une bâtisse large et froide, à la nef réduite. La voûte était soutenue par d'épais piliers de marbre, sculptés sur toute leur hauteur. Shaar-Lun connaissait la signification de ces gravures, qui contaient la genèse de Selenæ et l'histoire de ses Empereurs-Mages. Arh'En Dal lui en avait maintes fois décrit les épisodes. Il aurait pu, les yeux fermés, retrouver le moindre détail…

Il se leva et se dirigea vers l'autel de pierre noire qui se dressait au fond. Fawna, dans son dos, procédait à un rituel de protection. Elle se retourna enfin, un sourire satisfait sur les lèvres :

– Ainsi, ils ne parviendront pas à ouvrir la porte : j'ai tissé des scellés magiques, que je suis seule à pouvoir enlever…

Shaar-Lun lui adressa un signe complice et reporta son attention sur l'autel. Il fallait à présent se concentrer, ne plus commettre la plus petite erreur. Faire pivoter la table de culte réclamait un rituel complexe, qui nécessiterait une grande partie de son énergie.

Il ferma les yeux et se remémora les instructions de Arh'En Dal. Le grand prêtre lui avait fait répéter chaque geste, chaque syllabe du rituel. Le jeune homme avait exécuté la pantomime des centaines de fois, jusqu'à l'épuisement. Le chant revenait, les gestes prenaient forme sans qu'il en ait conscience. Il leva les mains et entonna les premières strophes en s'abandonnant à l'étrange mélopée…

Dans son dos, Fawna s'approchait avec méfiance. Elle fronçait les sourcils, inquiète. Quelque chose n'allait pas… Tout était trop simple, trop facile !

Elle leva instinctivement la tête et s'étrangla de surprise : à mesure que Shaar-Lun effectuait le sortilège, la roche de la voûte changeait d'aspect. *De rugueuse, la pierre devenait lisse…* Elle vibrait, semblant s'animer !

Fawna hoqueta en constatant que des vagues agitaient maintenant la surface de la pierre. En houle silencieuse, elles descendirent le long des murs pour venir caresser les gargouilles de granit qui gardaient l'endroit.

Fawna porta la main à sa bouche pour ne pas crier : elle ne pouvait avertir Shaar-Lun, rien ne devait interrompre le rituel… *Mais les gargouilles venaient d'ouvrir les yeux* !

Une terreur superstitieuse lui nouait les entrailles : elle et Shaar-Lun foulaient un lieu sacré ! Ils s'étaient aventurés sur le chemin du Grimoire, eux qui n'étaient pas prêtres de la Lune sombre !

Les forces du temple s'éveillaient, elles allaient se déchaîner contre les profanateurs !

La jeune femme aurait voulu leur crier qu'ils étaient les envoyés de Arh'En Dal, qu'ils agissaient sur les ordres du grand prêtre, mais elle restait paralysée devant les monstres de granit qui fixaient sur elle des yeux luisants. L'un d'eux se pourlécha les babines et tendit vers elle son cou grêle. Fawna crut devenir folle quand les créatures descendirent de leur piédestal. Une sueur glacée lui inondait les reins.

Comme une possédée, elle chercha à sa ceinture les dards, qu'elle projeta aussitôt sur eux. Les traits atteignirent leurs cibles sans leur causer le moindre mal. L'une des gargouilles sembla sourire méchamment et émit un gloussement caverneux.

Quelque chose se brisa dans l'esprit de Fawna. « C'est un cauchemar, se répétait-elle, cela ne peut être vrai ! » Elle se débattait dans la tourmente, se sentant sur le point de basculer. Les gargouilles avançaient vers elle de leur démarche grotesque de pantins malhabiles. L'une d'elles leva une main griffue pour lacérer la jambe de la jeune femme, qui bondit en arrière. Une autre ouvrit les ailes, et s'envola à l'assaut de Shaar-Lun.

Inconscient du drame qui se jouait dans son dos, l'adolescent poursuivait son rituel.

Fawna se détendit alors et plongea vers l'assaillant, qu'elle saisit aux pattes. Ils tombèrent tous deux. Le monstre cracha de colère et fit volte-face. Sa grimace hideuse acheva de paniquer Fawna, qui leva un bras devant son visage pour se protéger.

Alors que tout semblait perdu, le silence retomba soudain sur la nef.

Hébétée, Fawna rouvrit les yeux et vit que la statue était de nouveau pétrifiée.

Incrédule, elle dévisagea le monstre, qui s'était immobilisé au moment de l'attaque. Il était dressé sur ses appuis, levait une patte griffue et montrait les crocs… mais ce n'était plus qu'une statue de granit inanimée.

« Je deviens folle, songea Fawna. Je rêve éveillée… Il faut me ressaisir, Shaar-Lun a besoin de moi ! »

En écho à ses dernières pensées, elle perçut la plainte de son compagnon et se releva au milieu des monstres immobiles.

Shaar-Lun, épuisé, était tombé à genoux. Il respirait avec difficulté. Elle le rejoignit et s'accroupit à son côté.

– C'est fini, balbutia-t-il. Je crois que… j'ai réussi.

Il glissa dans les bras de Fawna, tandis que l'autel basculait, révélant un escalier qui s'enfonçait dans le sol.

3

Shaar-Lun reprit ses esprits dans les bras de sa compagne. Soutenu par la jeune femme, il s'avança vers les marches qui plongeaient dans les profondeurs. Ils se penchèrent, scrutant l'obscurité sans parvenir à distinguer les contours de la galerie. Ils surplombaient un puits de ténèbres qui s'ouvrait à leurs pieds comme la gueule avide d'un monstre des abysses.

La jeune femme reniflait, inquiète :

– Tu comptes descendre ces escaliers ?

Shaar-Lun hocha la tête :

– Je ne peux pas faire autrement ! La crypte est quelque part au bout de ce corridor. Je dois la trouver et y récupérer le grimoire d'Éliphas Reuel.

Fawna déglutit avec peine. Elle connaissait l'enjeu de leur mission. Elle savait les espoirs placés en eux par tous les survivants…

Le Grimoire enfermait la prophétie d'Éliphas Reuel, le premier homme qui était descendu sous terre, à l'époque où le Titan dormait encore. Éliphas avait consigné ses visions dans le Grand Livre : ce texte était leur dernier espoir.

Shaar-Lun descendit la première marche. Il tituba soudain, porta la main à son cou et recula précipitamment, le souffle rauque.

– Mon tatouage, bredouilla-t-il. J'ai… mal.

Les yeux écarquillés, Fawna considérait la tache sombre qui pulsait au cou du jeune homme. Le Dragon semblait vouloir s'arracher à sa gangue de peau. Il bondissait, tendant la chair…

– Attention, souffla Shaar-Lun, au bord de la syncope. Danger… Tout près…

Il ne put en dire davantage. Fawna sursauta quand une main se posa sur ses lèvres et la tira en arrière avec violence.

C'était une main longue et ferme, aux phalanges sombres, prolongées de griffes émeraude.

Une voix de stentor retentit :

– Nous arrivons bien, mes frères, le général sera content !

Shaar-Lun, encore étourdi, plissait les paupières sans parvenir à identifier ses adversaires. Perdu dans un nuage de brouillard, il ne distinguait d'eux que des formes fantomatiques.

Il devinait leurs hautes statures, leurs ailes membraneuses ramenées dans le dos. Il percevait l'éclat de leurs dents étincelantes et entendait leurs commentaires satisfaits.

Une main l'agrippa au bras et le releva sans ménagement.

– Voyez qui nous avons là, railla quelqu'un.

Shaar-Lun tenta de se dégager, mais son adversaire éructa, manifestant son mécontentement dans une langue gutturale, et le gifla à toute volée.

Puis la voix reprit, goguenarde :

– N'insistez pas. Vous n'êtes pas de taille.

Shaar-Lun se ramassa et hurla de rage ; mais un nouveau coup, plus brutal, eut raison de sa résistance. Les deux jeunes gens furent ligotés à des piliers et demeurèrent ainsi, à la merci de leurs geôliers.

Sur la gorge de Shaar-Lun, le Dragon s'était enfin calmé. Le jeune homme recouvrait peu à peu ses facultés. Il avisa Fawna, sur sa droite. Elle était inconsciente et liée comme lui à une colonne de marbre. Son front était marqué d'un hématome bleuâtre. Il sentit la colère lui empourprer les joues et se redressa, l'air bravache, pour toiser les créatures postées devant lui.

– Que lui avez-vous fait ? s'emporta-t-il.

Les trois monstres firent entendre une espèce de grasseyement rocailleux, que Shaar-Lun supposa être leur rire.

– Le guerrier crie, il tient beaucoup à son amie…

L'un des hybrides se pencha vers lui. Shaar-Lun perçut une haleine fétide. Avec un sourire gourmand, la bête le huma longuement et sembla un moment hésiter sur l'attitude à adopter. Elle lui passa une griffe sur la joue et se tourna vers ses congénères :

– Il a l'air fort, vigoureux… Le dévorerons-nous tout de suite ou faudra-t-il attendre un peu ?

La plus grande des créatures s'approcha.

– Assez joué ! aboya-t-elle. Nous sommes ici en mission ! Nous devons ramener le Livre.

– Non ! hurla Shaar-Lun. Vous n'avez pas le droit !

Le sourire de la bête s'élargit, dévoilant des incisives aiguisées.

– Crois-tu être encore en mesure de nous donner des ordres, petit homme ?

Il détendit son bras, et ses griffes imprimèrent des sillons violacés sur la joue de son prisonnier.

– Shaar-Lun ! gémit Fawna. Non !

Le monstre sursauta comme sous l'effet d'une morsure. Il pivota vers la jeune femme.

– Quoi ? Comment l'as-tu appelé ? siffla-t-il.

Fawna se mordit les lèvres. La bête fondit sur elle.

Shaar-Lun intervint sèchement :

– Laissez-la en paix ! Mon nom est Shaar-Lun.

L'hybride ricana et leva les poings triomphalement :

– La récompense sera grande, mes frères, quand le général nous verra revenir avec le Grimoire et le rejeton maudit !

Hilares, les envoyés des forces du Mal se congratulèrent.

Fawna pleurait de rage et de dépit. Elle lança à son compagnon un regard éperdu :

– C'est ma faute ! Jamais je n'aurais dû…

– Ne pleure pas, l'interrompit-il. Sans cela, ils nous auraient tués sur place. Peut-être nous auraient-ils dévorés…

Il s'évertuait à réconforter sa compagne, mais ses mots sonnaient faux. L'amertume lui rongeait la gorge : il savait qu'il avait échoué. Jamais il ne rapporterait le Grimoire au grand prêtre. Il adressa une prière muette à la Lune sombre, dans l'espoir que le vieil Arh'En Dal lui pardonnerait son échec. Quelques larmes roulèrent sur ses joues quand il songea que Jardel et Oona étaient morts en vain. Il reporta son attention sur Fawna.

Elle se tenait roide, et ses yeux lançaient des éclairs. Elle provoquait les hybrides, les couvrait d'injures. L'un d'eux fit un pas dans sa direction et se pencha vers elle.

– Tu es surprenante : il est rare que notre gibier ose nous défier !

– Sans doute ne vous attaquez-vous qu'à de pauvres paysannes ! cracha Fawna avec morgue.

Intrigué, son interlocuteur inclina la tête de côté et parut mesurer la pertinence de son propos.

– Posséderais-tu des talents cachés ?

Elle sourit froidement :

– Je suis magicienne, élève de l'impératrice !

Le monstre feignit d'être touché par sa déclaration :

– La malheureuse ne doit plus exercer depuis longtemps…

Fawna perdit tout contrôle :

– Qui te permet de parler ainsi de ma maîtresse ?

L'hybride ignora le cri de la jeune femme. Il leva la tête, un doigt sur les lèvres, mimant une intense réflexion :

– Voyons… N'était-ce pas un sortilège d'enfermement et un rituel de protection que tu avais lancés là ?

Il désignait la porte.

Fawna blêmit.

– Je vois que tu as compris, jeune « magicienne », soupira la créature. Vous autres, humains, avez besoin de la double influence de la Lune sombre et du soleil pour recharger vos essences magiques. Privés du jour depuis des années, vos mages s'épuisent. Leurs sorts s'étiolent, ils perdent de leur puissance… Quant à nous, créatures des Ténèbres, nous jouissons depuis l'éveil du Titan d'une double source d'énergie : la nuit et l'Ombre du Dragon sont des mannes infinies ! Il nous a été facile de nous glisser dans votre dos et de vous surprendre !

Il singea une révérence et enlaça Fawna :

– Tu as du caractère, c'est rare chez une femelle de ta race ! Celles que je capture parfois s'effondrent, ou gémissent.

Il émit un gargouillement avant de poursuivre :

– Quand je les dévore, il leur arrive de me supplier de les achever !

Fawna l'écoutait, incrédule. La bête hurla de rire en s'éloignant :

– Attends-moi là, je serai bientôt de retour… Nous verrons comment tu te comporteras !

Fawna se tourna vers Shaar-Lun tandis que les monstres disparaissaient dans le corridor souterrain. Il paraissait absent.

– Pourquoi n'as-tu rien fait ? s'exclama-t-elle. Tu abandonnes si près du but !

Mais il ne l'écoutait plus. Là-bas, les créatures s'avançaient dans le couloir. Bientôt, elles atteindraient le Grimoire, et tout espoir serait interdit aux survivants…

Il ferma les yeux et murmura quelques mots inintelligibles.

– Penses-tu que ce soit le moment de prier ? cria Fawna. Réagis, Shaar-Lun ! Bats-toi !

En proie à une crise d'angoisse, elle éprouvait le besoin de chasser la peur qui la submergeait.

Shaar-Lun restait totalement impassible. Du bout des doigts, il tissait un canevas improbable, tout en continuant sa mélopée.

Ses yeux se révulsèrent soudain et il s'affaissa.

Interdite, Fawna entendit les cris de stupeur des monstres. Elle se tourna vers le corridor et découvrit un spectacle abominable : les silhouettes monstrueuses s'étaient à peine fondues dans l'ombre que les murs du corridor se mirent à onduler. Les trois hybrides glapirent de terreur tandis que les parois s'animaient autour d'eux. Comme la mâchoire d'un saurien gigantesque, la galerie se referma.

Fawna détourna les yeux quand le bruit des os broyés lui parvint.

Un silence lourd retomba sur les lieux. Fawna n'osait bouger. « C'est un cauchemar, se répétait-elle. Rien de tout cela n'a pu arriver. » Elle rouvrit les yeux en entendant Shaar-Lun psalmodier une nouvelle incantation.

Les cordes qui le retenaient s'animèrent : tels des serpents charmés, elles dansèrent sur son torse avant de glisser au sol.

Le jeune homme se massa les poignets, puis vint libérer sa compagne. Il semblait tourmenté et n'osait la dévisager.

Elle le prit dans ses bras et l'embrassa :

– Tu nous as sauvés, Shaar-Lun ! J'avais perdu tout espoir !

Il esquissa un pâle sourire :

– Je ne sais pas si je dois en être fier…

Elle se recula et le regarda avec sévérité :

– Tu sais ce que tu dis ?

Il secoua la tête, désolé :

– Oui, Fawna, et tu n'imagines pas combien cela me pèse…

Fawna posa une main sur l'épaule de son compagnon. Non, elle ne comprenait pas. Il lut l'interrogation dans ses yeux et poussa un long soupir. Puis il reprit sur le ton du secret :

– Tu as entendu ce qu'a dit l'hybride, tout à l'heure ? Tu ne saisis pas ce que cela signifie ?

Fawna restait muette et dardait sur lui un regard inquiet. Qu'avait-il ? Quelle était cette subite culpabilité qui paraissait l'accabler ?

Il poursuivit, les yeux rivés au sol :

– Tous les mages survivants s'épuisent, Fawna. Je suis le seul encore capable de prodiges... Et cela...

Sa voix se brisa :

– ... cela signifie que je ressemble à ces monstres, gémit-il. *Je suis comme eux* : je m'accommode de l'Ombre du Dragon !

Elle secoua la tête, butée :

– Tu plaisantes ?

Elle le saisit aux épaules et le secoua pour le tirer de sa léthargie :

– Tu perds l'esprit, Shaar-Lun ? Personne ne peut supporter l'Ombre du Dragon ! Tous ceux qui y séjournent trop longtemps sont pervertis par l'essence maléfique du Titan ! Tu le sais : les mutants qui déambulent dans les ruines de Selenæ ont grossi les rangs des armées des Ténèbres. Ils se sont laissés gangrener par l'Ombre maléfique ! Mais toi, allons : regarde-toi ! Tu n'as rien de commun avec eux !

Il se dégagea doucement et fit quelques pas de côté.

– Sans doute as-tu raison, bredouilla-t-il. Pardonne-moi, je… Je ne sais plus où j'en suis.

Il rejoignit l'entrée du corridor souterrain, lança un ordre d'une voix rauque et traça un signe. Aussitôt, l'ouverture réapparut.

Fawna en eut le souffle coupé : le boyau s'ouvrait à nouveau, il n'y avait plus aucune trace des hybrides !

Elle observait Shaar-Lun du coin de l'œil. *Quel genre d'homme était-il vraiment* ? Était-ce un simple mortel, *un demi-dieu* ? Ou un de ces hybrides qu'il lui avait décrit, ces créatures que les survivants détestaient ?

Il allait disparaître dans le souterrain. Elle tendit la main pour l'empêcher d'aller plus loin :

– Il t'a fallu du temps pour préparer de tels sortilèges ! Tu n'as pas utilisé de composants… Comment as-tu deviné que tu aurais besoin…

Il l'interrompit d'un geste impérieux :

– Je le savais, Fawna ! Je suis incapable de te l'expliquer, mais tu dois me croire ! Arh'En Dal m'avait mis en garde : la présence des forces des Ténèbres risquait de déclencher les défenses du sanctuaire. Il faudrait faire attention… Mon tatouage a fait le reste !

Il toussota pour masquer sa gêne :

– Je crois qu'il est temps de reprendre notre quête. On attend après nous, dans les montagnes…

Elle acquiesça et se força à lui sourire. Elle ne savait plus si elle admirait ce garçon ou si elle avait peur de lui.

Il perçut son trouble et se détourna. Retenant son souffle, il s'engagea dans l'escalier qui conduisait à la crypte des prêtres de la Lune sombre.

4

Une main posée sur la paroi, Shaar-Lun essayait de deviner les changements d'orientation du couloir, l'inclinaison de la pente. Il s'attendait à chaque pas à déclencher un piège. « C'est stupide ! s'emportait-il. Quel meilleur piège que cette galerie vivante, capable de broyer et digérer les intrus ? » Il frissonna : oui, le couloir était animé. Et lui, il s'était plongé dans la gueule du monstre. Il finit par chasser ces images funestes. « Ça suffit. Reprends-toi. Tu dois mener à bien ta mission. »

Il fit une pause et s'appliqua à maîtriser sa respiration. Il lui faudrait garder son calme. Son instinct l'avertissait qu'il n'était pas au bout de ses peines.

L'air était moite. Sans doute y avait-il de nombreuses spores en suspension : chaque inspiration lui irritait la gorge et le nez. Il reprit sa progression dans le noir. Assez loin, en contrebas, il distingua une ouverture ronde d'où s'échappait un halo de lumière verte.

S'armant de patience, il résista à l'envie de presser l'allure et parvint au bout du corridor.

Shaar-Lun plissa les paupières, et attendit. Quand ses yeux se furent habitués à la luminosité, il s'avança. Au bout de quelques pas, il s'arrêta et examina l'endroit.

La crypte des prêtres de la Lune sombre était une simple grotte, de dimension réduite, aux parois de pierres humides, couvertes çà et là de lichens et de mousses touffues. De ces plantes phosphorescentes émanait la lumière particulière du lieu. Des parfums capiteux alourdissaient l'atmosphère.

De part et d'autre de la grotte, des étagères supportaient des ouvrages épais aux tranches frappées d'or. Leurs titres évoquaient la magie et ses mystères, des secrets pour lesquels bien des mages se seraient damnés ; mais Shaar-Lun ne leur prêta pas attention. Il était fasciné par un lutrin dressé au centre de la pièce. Un gros livre à couverture de cuir rehaussée de filaments d'or y reposait.

– Le Grimoire !

Le cœur de Shaar-Lun fit un bond dans sa poitrine, sa respiration s'accéléra : enfin, il se trouvait devant le Grand Livre de la prophétie, le livre qui enfermait les secrets d'Éliphas Reuel !

Oubliant toute prudence, il s'avança et tendit les mains vers le précieux ouvrage. Un raclement métallique le pétrifia. Il tenta de distinguer le fond de la grotte, noyé dans une ombre opaque.

Il crut y discerner une forme humaine, assise sur un trône de pierre, mais chassa aussitôt cette idée : « Allons donc ! Qui pourrait vivre ici, enfermé depuis des années ? » Pourtant, lorsque ses yeux se furent accommodés à la pénombre, il vit qu'il ne s'était pas trompé. Une soudaine bouffée d'angoisse lui noua la gorge. Le spectacle était fantasmagorique : un squelette en armure attendait sur un trône. La main crispée sur le pommeau d'une épée, il semblait fixer l'intrus de ses orbites vides.

Un nouveau bruit retentit dans le dos de Shaar-Lun, qui sursauta et fit volte-face.

Fawna se tenait dans l'entrée. Elle était livide.

– Je… je t'ai attendu, bredouilla-t-elle. Mais tu tardais et je me suis inquiétée…

Il soupira, ulcéré :

– Tu n'as rien à faire ici. Arh'En Dal était formel : je suis le seul à pouvoir rapporter le Livre.

– Laisse-moi au moins t'aider !

Il allait rétorquer quand un grincement métallique se fit entendre. Shaar-Lun dégaina son poignard et pivota. Il hoqueta de surprise.

Le squelette s'était levé ! Ses orbites luisaient à présent d'une flamme sombre, et ses mâchoires dessinaient un rictus haineux.

Derrière Shaar-Lun, Fawna gémit, terrorisée.

Le mort vivant s'avança, brandissant son sabre courbe.

Shaar-Lun fléchit les jambes, se préparant au combat. Le squelette avançait toujours, fixant tour à tour les deux profanateurs.

– Va-t'en ! cria le jeune homme à Fawna sans se retourner.

Elle secoua la tête, le front barré d'une ride butée :

– Non ! Je reste avec toi !

– Fawna, je t'en prie !

Fawna ne put résister à cet ordre impérieux. Elle se précipita vers la sortie et disparut dans l'ombre du corridor.

– Ne t'arrête pas avant d'être parvenue dans la nef ! lança encore Shaar-Lun.

Un voile de sueur lui poissait les reins. Ses tempes bourdonnaient. Luttant contre l'envie de fuir, il se résolut à affronter son adversaire.

Le gardien regardait l'entrée. Il sembla hésiter à poursuivre la fuyarde, puis se retourna vers Shaar-Lun, l'arme haute.

Shaar-Lun plongea sous sa garde et frappa d'estoc. Son adversaire para avec une habileté sidérante. Le jeune homme attaqua de taille, visant le poignet osseux. Le squelette évita la charge et le châtia aussitôt du revers de son sabre. Le coup gifla Shaar-Lun, qui dut reculer. « S'il avait frappé avec le fil de son arme, je serais défiguré », frissonna-t-il.

Il ne se découragea pas pour autant et redoubla d'ardeur et d'audace, frappant, moulinant, tentant de s'approcher du Grimoire.

Mais le gardien des lieux agissait avec une science parfaite du duel. Il combattait pied à pied, rendait chaque coup, sans chercher à blesser l'intrus. Shaar-Lun fatiguait. Il ahanait. Ses gestes devenaient lourds et trop lents. À l'issue d'une dernière fente, il manqua sa cible. Le squelette abattit son arme et lui entama cruellement l'épaule. Avec un hurlement de douleur, le jeune homme lâcha son poignard. Il recula. Contre toute attente, le squelette ne chercha pas à pousser son avantage. Il se contenta de remettre son arme au fourreau et se posta entre le grimoire, et le visiteur.

Éberlué, Shaar-Lun considérait cet étrange gardien qui l'avait affronté sans le tuer. Qui était-il ?

La voix éclata dans son esprit :

– Je ne comprends pas, petit homme… Tu portes la marque, tu es parvenu jusqu'à moi, mais tu ne sembles pas être celui que j'attendais…

– Je suis Shaar-Lun, fils de Kaylan et Sheelba, les Empereurs-Mages de Selenæ ! J'ai été envoyé par Arh'En Dal, grand prêtre de la Lune sombre, afin de lui rapporter ce Grimoire et je n'échouerai pas dans ma quête !

Il sentit monter la haine en lui, et la transforma en énergie magique. Il concentra toute sa puissance et tendit rageusement les bras en avant. Une nuée de projectiles enflammés s'échappèrent de ses doigts et filèrent sur le squelette, qui n'esquissa pas le moindre mouvement de défense.

Quand les traits magiques furent sur le point de l'atteindre, ils ralentirent, tournèrent autour de lui et repartirent vers Shaar-Lun dans un sifflement aigu. Le jeune homme fut soulevé sous l'impact. Il effectua un vol plané et percuta violemment la paroi de pierre. Des étoiles noires explosèrent sous ses paupières, et il glissa sur le sol. Il resta ainsi, comme une poupée désarticulée, essayant désespérément de reprendre son souffle. La douleur lui déchirait la tête et les muscles, et des larmes salées lui inondaient les joues.

« Lutte encore ! se répétait-il. Tu ne dois pas t'avouer vaincu ! »

Il rassembla ses dernières forces et se releva pour psalmodier un nouveau rituel. Il tendit les mains vers son adversaire, toujours immobile.

Encore une fois, l'énergie libérée se retourna contre son créateur.

Shaar-Lun perdit connaissance quand son propre sort l'atteignit.

Il rouvrit les yeux après un long moment et se redressa sur un coude. Il ouvrait grand la bouche, comme un naufragé bataillant au sommet des vagues.

– Que… ? Où suis-je ?

Il aperçut le gardien mort vivant et se remémora les derniers instants de l'affrontement. « Ce n'est pas possible, se dit-il. Il est insensible à la magie, il agit sur les sorts comme un miroir amplifiant… Et il est trop bon combattant ! »

Shaar-Lun eut envie de pleurer. Il enrageait d'échouer si près du but.

Le Grimoire était là, à portée de main ! Si près et si loin…

La voix résonna de nouveau dans son esprit perturbé :

– Tu ne comprends pas, petit homme… Tu n'avais aucune chance de me vaincre. Tu ne pouvais pas me prendre ce livre ! Personne ne le peut.

Shaar-Lun explosa d'un rire aigre.

– Je suis fou, hurla-t-il. Je crois parler à un squelette !

Sa voix se brisa et il resta prostré.

Il finit par se ressaisir et laissa son regard divaguer dans la pièce. Il y avait forcément une solution !

Le squelette s'était figé, les bras ballants. Les flammes sombres brillaient toujours au fond de ses orbites.

Soudain, Shaar-Lun eut une illumination :

– Je suis l'envoyé de Arh'En Dal, le grand prêtre, à qui tu dois obéissance… Il m'a ordonné de prendre ce Grimoire et de le lui rapporter. Soumets-toi à sa volonté !

Le squelette secoua la tête :

– Arh'En Dal a bien mal choisi son émissaire ! Ou peut-être n'es-tu pas celui que tu prétends…

Shaar-Lun s'adossa à la paroi et s'abîma dans une intense réflexion. Il devait faire quelque chose. Mais quoi ?

Il fixa le Livre, et son tatouage pulsa. Il fut pris de vertige quand l'image du Dragon apparut. Le Titan planait, serein, invincible.

Alors Shaar-Lun sourit de sa bévue et secoua la tête :

– Pardonne-moi, gardien. J'ai fait preuve de suffisance ! Sauras-tu me pardonner ?

Sur ces mots, il mit un genou en terre et déposa les armes. Il inclina la tête avec un profond respect et tendit les mains, paumes offertes :

– Je ne peux te prendre le Grimoire, c'est entendu. Je ne peux que… te le demander.

Le silence retomba sur la grotte. Un instant, Shaar-Lun douta d'avoir bien agi. Il releva la tête. Le squelette le considérait ; il paraissait hésiter devant ce jeune homme agenouillé en signe d'allégeance.

– Je me suis trompé, moi aussi, déclara finalement le gardien. Arh'En Dal avait bien choisi son messager.

Le gardien s'empara du Grimoire et le tendit solennellement à Shaar-Lun.

– Attention, petit homme ! Dès que je laisserai s'échapper le Grand Livre, ma mission sera achevée et je n'aurai plus de raison d'exister, ce lieu non plus.

Shaar-Lun fronça les sourcils. Il accepta l'offrande en silence. À peine eut-il saisi le précieux ouvrage que le mort vivant se disloqua pour tomber en morceaux à ses pieds.

Un grondement sourd monta alors du sol.

Les derniers mots du gardien trouvèrent écho dans son esprit *: ce lieu n'aura plus de raison d'exister…*

Il bondit en arrière et se précipita dans les escaliers. Derrière lui, la grotte s'effondrait en un fracas épouvantable.

Il remonta les marches quatre à quatre comme s'il fuyait devant tous les démons des abysses. La terreur lui nouait la gorge, il ne respirait plus.

Il jaillit dans la nef sous les yeux effarés de Fawna.

– Dehors, vite ! s'époumona-t-il.

Ils se mirent à courir sans se poser de questions. Sortir, il fallait sortir pour ne pas être enfermés à jamais dans ce tombeau minéral !

Le temple était sur le point de s'effondrer. Les colonnes de marbre dansaient, les murs se désagrégeaient. La voûte céda tandis qu'ils atteignaient le portail. Par miracle, ce dernier bascula devant eux, et ils se jetèrent à l'extérieur, roulant dans les gravats.

Ils sautèrent sur leurs pieds, tremblants et couverts de poussière.

Derrière eux, le temple achevait de s'effondrer.

– Tu as réussi ! s'écria Fawna. Tu as récupéré le Grimoire !

Shaar-Lun resta un moment hébété. S'il n'avait pas sur les lèvres ce goût de cendre, il en serait venu à douter de ses exploits…

Il s'ébroua.

– J'ai beaucoup appris, dit-il simplement.

Il enveloppa avec soin le Livre dans une couverture et glissa le tout dans un sac. Il jeta son précieux chargement sur son épaule et se tourna vers les montagnes noyées de brume.

– Allons-y, s'écria-t-il. Tous les serviteurs des Ténèbres doivent avoir entendu le bruit. Ils sont sans doute déjà sur nos traces !

Ils s'élancèrent dans la nuit.

5

Selenæ n'était plus qu'un champ de ruines, abandonné depuis longtemps par ses combattants. La capitale s'était muée en labyrinthe de sillons étroits, bordés de murets aux parois lézardées. Pour la traverser, il fallait franchir d'innombrables tranchées, s'aventurer sur des poutres incertaines, jetées comme des ponts au-dessus d'abîmes insondables.

Shaar-Lun et Fawna couraient tous deux, les yeux rivés sur la montagne. Les débris jonchant le sol se dressaient sur leur route comme autant de pièges. Là-bas, aux limites de ce gigantesque cercle de craie, ils s'espaceraient, le chemin deviendrait plus praticable. Le disque poudreux de la ville s'estomperait pour laisser place à une herbe rase et jaune, mourant peu à peu de l'absence de lumière.

Fawna respirait avec difficulté. Une violente douleur lui tenaillait les côtes. Elle tourna la tête plusieurs fois, cherchant à identifier les bruits dans leur dos, et fit halte. Shaar-Lun s'arrêta à ses côtés et l'interrogea du regard.

– Les enracinés, haleta-t-elle. Ils nous poursuivent !

Shaar-Lun scruta les alentours. Non loin, des glapissements déchiraient les ténèbres. Ils s'intensifiaient. Fawna s'était accroupie. Elle secoua la tête, désolée :

– Ils gagnent du terrain et… je n'en peux plus…

Shaar-Lun la saisit par l'épaule et l'aida à se relever.

– Ne parle pas, calme-toi. Suis-moi !

Ils s'élancèrent dans une allée de ruines, qui menait vers l'extérieur de la cité. Çà et là, ils devaient enjamber les vestiges de fontaines écroulées, des fragments épars d'architecture précieuse. Autant de témoins de la splendeur passée de Selenæ…

Mais ils ne réduisaient pas l'allure. Fawna poussa soudain un cri déchirant :

– Ma jambe ! Par la Malemort !

Elle s'affala brutalement en se tenant la cheville. Shaar-Lun grimaça : sa compagne avait plongé le pied dans un des traquenards du terrain. Arrêtée en pleine course, elle s'était probablement blessée. Il s'agenouilla auprès d'elle et l'ausculta rapidement.

– Ce n'est pas grand-chose. Une entorse tout au plus… Je vais te porter.

Il tentait de la rassurer, redoutant que Fawna ne cède à la panique. Il la prit dans ses bras, la souleva avec douceur et se remit en marche dans le dédale.

Il fit quelques pas avec elle, prenant soin de rester à l'abri des zones les plus sombres.

– Nous allons nous en sortir, chuchota-t-il. Aie confiance…

Pour toute réponse, elle tendit une main devant elle.

– Là ! Ils sont là ! dit-elle d'une voix blanche.

Shaar-Lun s'immobilisa.

– Combien sont-ils ? demanda-t-il calmement.

Elle secoua la tête.

– Je ne sais pas, je… J'en ai vu quatre… Que la Lune sombre nous protège !

Elle fondit en larmes. Shaar-Lun balaya le décor du regard. Ils se trouvaient dans la cour intérieure d'une maison rasée par le tremblement de terre. « Un piège, songea-t-il avec amertume. Un cul-de-sac ! Tu t'es laissé enfermer comme un enfant… » Il avisa un mur, y adossa sa compagne, et se dressa devant elle comme un rempart.

– Bien ! tonna-t-il. Vous nous voulez comme repas ? Il faudra nous mériter !

Et il entama une incantation sans prêter attention au concert de ricanements qui s'élevait derrière les décombres.

Fawna tremblait. La peur et l'épuisement avaient eu raison de sa résistance. Elle claquait des dents, le corps secoué de spasmes. Sa cheville la faisait horriblement souffrir. Elle ne voyait pas ses adversaires, et leur imaginait des masques grimaçants, des mufles de démon…

Elle fouilla avec frénésie dans sa ceinture et en sortit une demi-douzaine de dards. « C'est tout ce qu'il me reste, songea-t-elle. Il faudra viser avec soin si je veux aider Shaar-Lun ! »

Ce dernier se tenait cambré, bras écartés, mains tendues vers le sol. La tête rejetée en arrière, les yeux révulsés, il tentait de retenir le flot dévastateur qui s'accumulait à l'extrémité de ses doigts. Fawna identifia le rituel et sut quelle attitude adopter. Elle se reprit et, d'une voix assurée, harangua les monstres :

– Montrez-vous, faces de lune ! Osez affronter vos proies !

Les enracinés chargèrent dans un tonnerre de cris bestiaux. Fawna demeura bouche bée : il y avait une douzaine de monstres ! Jamais ils ne pourraient les repousser tous !

Le sortilège de Shaar-Lun fut d'une redoutable efficacité : il balaya la première vague d'assaillants, les envoyant voler en arrière dans un déluge de feu. Des râles d'agonie s'élevèrent. Les corps des mutants remuaient faiblement en achevant de se consumer, et les rescapés refluaient dans le plus grand désordre. Ils se couvraient la tête des mains en une dérisoire tentative pour se soustraire au pouvoir du sorcier.

Épuisé par l'effort, Shaar-Lun clignait des paupières et s'épongeait le front. La sueur lui brûlait les yeux ; mais il fallait tenir, rester conscient à tout prix !

Il se préparait à lancer un autre rituel quand de nouveaux enracinés parurent sur un pan de mur qui les surplombait.

Dans la faible lueur des étoiles, Shaar-Lun reconnut une silhouette familière :

– Jardel !

Il se mordit les lèvres au sang : « Imbécile ! *Ce n'est plus Jardel* : il a été griffé, il est des leurs maintenant ! Ce n'est plus ton ami, *c'est un des enracinés*, une bête malfaisante qui veut vous dévorer, toi et Fawna ! »

Jardel sauta à terre, aussitôt imité par trois autres enracinés. Shaar-Lun restait indécis. Des voix aux accents contradictoires résonnaient sous son crâne, augmentant son trouble. « Tue-le ! disaient les unes. Vite, avant qu'il ne passe à l'attaque ! » « Non ! répliquaient les autres. Tu peux encore le sauver ! C'est ton ami, ton frère… » Shaar-Lun était en proie à la plus totale confusion. Il leva la main, dans un geste de salut incertain.

– Jardel ? Réponds-moi : tu m'entends ? C'est moi : Shaar-Lun ! Tu… tu vas nous laisser partir, n'est-ce pas ?

Jardel avançait tranquillement. Noyés dans les ténèbres, ses traits demeuraient invisibles.

– Shaar-Lun ! Ne les laisse pas t'approcher ! Tue-les !

La voix de Fawna avait retenti dans le dos du jeune homme.

Il hésitait encore :

– Je ne peux pas ! C'est… c'est Jardel !

Son ami se tenait maintenant à deux pas. Il avançait toujours, lentement.

– Shaar-Lun, supplia Fawna, fais-le ! Par pitié, frappe !

Shaar-Lun ne pouvait s'y résoudre. Jardel redressa la tête, révélant ses traits déformés. Il présentait au jeune homme un masque bestial, des crocs acérés. Shaar-Lun eut un haut-le-corps, et son hésitation lui fut fatale : Jardel plongea soudain vers lui. Shaar-Lun leva le bras ; son adversaire lui planta les crocs dans la chair, lui arrachant une plainte aiguë.

Fou de rage et de douleur, Shaar-Lun frappa son assaillant au visage, l'envoyant rouler sur le dos. Livide, il considérait son bras, sur lequel s'étalait la morsure. Des perles de sang marquaient les endroits où les crocs avaient pénétré…

Il hurla et tendit les mains. Son sort foudroya les quatre créatures qui se dressaient devant lui.

Il se retourna vers Fawna.

– C'est fini pour moi, articula-t-il avec peine. Prends le sac, retourne au campement ! Porte-leur le Livre !

Elle secoua la tête, refusant d'admettre la vérité… Mais elle aperçut sa blessure et comprit l'horreur de la situation. Le jeune homme, à son tour, serait victime de la terrible malédiction des enracinés.

La mort dans l'âme, elle se décida à partir. Shaar-Lun avait raison. Il était perdu, mais ne se sacrifierait pas pour rien.

Elle s'empara du sac et s'enfuit à travers les débris blanchâtres de la cité ravagée. D'autres enracinés venaient déjà en renfort, et Shaar-Lun les provoquait, les attirant à lui.

Dans le dos de Fawna, les cris sauvages témoignaient de la violence de l'affrontement. Elle ravala ses larmes et accéléra, se déplaçant à quatre pattes à l'abri des regards. Chaque mouvement la faisait grimacer de douleur, mais elle ne faiblit pas.

Elle fut bientôt hors du périmètre des ruines. Là, aucun enraciné ne la poursuivrait plus.

Elle dépassa la lisière des bosquets, longea l'étendue d'arbres morts ; au bout de deux heures d'un parcours halluciné, elle atteignit les premières pentes des montagnes.

Sa cheville la mettait à la torture, et la douleur lancinante avait fini par agir comme un anesthésiant. Elle ne pensait plus, ne savait plus qui elle était ni où elle allait. Plus rien d'autre ne comptait : il fallait avancer, mettre la plus grande distance entre elle et cette cité maudite, où ses trois meilleurs amis avaient trouvé une mort abominable. Il fallait rapporter le Livre au grand prêtre.

Elle se laissa tomber au sol. Elle geignait comme un animal à l'agonie. Elle fouilla dans son sac, sortit une gourde et but avidement. Puis elle se versa de l'eau sur le visage et les cheveux. Elle voulait se laver de la peur et de la souffrance.

Elle se traîna jusqu'à un abri rocheux, au fond duquel elle se recroquevilla. Elle avait besoin de repos : dans cet état, jamais elle ne pourrait rejoindre le camp des réfugiés.

Fawna jeta un dernier regard dans la vallée, plissant les paupières pour distinguer Selenæ. Le cercle pâle de la capitale ravagée s'ouvrait au milieu de l'océan de ténèbres. On eût dit un havre de paix…

Elle soupira, abattue : les visages de ses compagnons défunts dansaient devant ses yeux.

L'épuisement eut raison de sa résistance. Elle sombra dans un sommeil profond.

Fawna marchait depuis des heures. La sangle de son sac lui avait cisaillé l'épaule, où un hématome était apparu. Elle s'était résolue à le porter à bout de bras un moment, mais ses forces l'avaient trahie. Elle ahanait et peinait comme une bête de somme en tractant derrière elle son fardeau.

Le Livre pesait lourd, terriblement lourd. Parfois, la lanière de cuir glissait entre ses doigts poisseux. Elle poussait alors un cri de désespoir et se jetait sur la rocaille du chemin pour rattraper son précieux chargement avant qu'il ne dévale la pente de la montagne… Elle avait dû rebrousser chemin à plusieurs reprises déjà pour le récupérer quelques dizaines de mètres en contrebas. Sa cheville meurtrie lui compliquait encore la tâche.

Chaque fois que le sac glissait sur la pente, elle s'épuisait. C'étaient de longues luttes, qui la laissaient pantelante, allongée sur le sol poussiéreux.

Elle reprenait ensuite la route en priant pour ne pas croiser d'envoyés des Ténèbres. Elle ne se sentait plus le courage de livrer combat, et se serait abandonnée à leurs armes, en implorant la Lune sombre de lui offrir une fin rapide…

Épuisée par de longues heures de marche, elle choisit un nouvel abri et s'y terra. Elle grelottait et ne parvenait pas à trouver le sommeil. Était-ce la crainte d'être surprise par un rôdeur, ou redoutait-elle plus encore d'être poursuivie par le souvenir de ses amis disparus ? Elle n'aurait su le dire.

Elle releva son col et se blottit contre son sac.

C'est alors que lui parvinrent les premiers bruits. D'abord discrets, ils se faisaient de plus en plus nets. On s'approchait.

Fawna retint sa respiration.

On était sur ses traces, elle n'en doutait plus.

On savait qu'elle était là, on la traquait.

L'ombre se dressa soudain devant la grotte, masquant les étoiles.

Fawna ne trouva pas la force de hurler.

C'était une silhouette hirsute, un humanoïde vêtu de lambeaux qui s'avançait sur elle, arme à la main. Il lui plaqua une main sur la bouche et la coucha avec violence. Puis, avec un grondement animal, il lui plongea sa lame dans la poitrine. La douleur lui vrilla le sein, insupportable. Fawna se dégagea et hurla.

Elle s'éveilla en transe, sans parvenir à respirer. Son cri ne pouvait franchir la barrière de ses lèvres. *Quelqu'un était effectivement à ses côtés, qui la bâillonnait de la main* !

– Chut ! Fawna, ce n'est que moi !

Elle écarquilla les yeux. Cette voix… Ce n'était pas possible ! Mais elle distingua enfin les traits de son interlocuteur, et son cœur fit un bond : Shaar-Lun était là ! Il avait échappé aux enracinés !

Elle se redressa et voulut l'embrasser, mais se ravisa et le repoussa :

– Comment m'as-tu retrouvée ?

Il parut surpris et la considéra avec inquiétude :

– Tu es certaine que tout va bien ? Nous sommes venus ensemble à Selenæ, je savais donc par où tu repartirais…

Elle l'écoutait, méfiante. Une petite voix s'imposait à son esprit, et son message sournois l'encourageait à ne pas croire ces mots : « Ce n'est pas Shaar-Lun, lui disait-elle. Ce ne peut pas être lui : Shaar-Lun est mort, comme Jardel, comme Oona. Il a été dévoré par les enracinés. Peut-être même est-il un des leurs, à présent ! »

– Ce n'est pas vrai ! cracha-t-elle avec haine. Tu n'es pas Shaar-Lun ! Il est mort, il s'est sacrifié pour moi !

Il secoua la tête :

– Fawna, je t'en prie : regarde-moi !

Il présentait ses mains, et son visage effleura presque celui de la jeune femme.

Fawna s'empara de ses dards, qu'elle brandit sous le nez du jeune homme :

– N'approche pas ! Je vais te tuer !

Il ne bougea pas et se contenta de sourire :

– Tu me crois mort, et tu t'apprêtes à m'exécuter… La situation est plaisante !

Fawna perdait pied. Les nerfs à vif, elle hurla :

– Mais tu *es* mort ! Tu n'es pas là, je suis encore perdue dans mon cauchemar !

C'en était trop pour Shaar-Lun.

– Vas-tu me reprocher d'être encore en vie ? explosa-t-il.

Il tremblait de rage. Fawna porta une main à son front brûlant :

– Pardonne-moi, murmura-t-elle. Je ne sais plus où j'en suis.

Elle ouvrit les bras et l'enlaça.

– Je n'en peux plus, avoua-t-elle avec une toute petite voix. Emmène-moi. Retournons au camp.

Ému, il la serra contre son cœur :

– Ça va aller, maintenant. Je suis avec toi.

Il la souleva et l'emporta hors du refuge.

La petite voix tournait encore dans l'esprit de Fawna.

– Shaar-Lun… Il faut que je te demande encore une chose.

– Oui ? répondit-il avec un sourire.

– Ton bras, dit-elle doucement. Tu veux bien me le montrer ?

Il hésita, mais finit par tendre la main. Elle l'inspecta fébrilement et sursauta : sa blessure avait disparu !

– Comment est-ce possible ?

Shaar-Lun serra les dents :

– Je n'en sais rien ! Je m'en suis sorti, c'est tout. Je les ai tués, et je me suis enfui sans attendre que d'autres viennent en renfort !

Il la reposa sur le sol.

– Peut-être aurais-je dû me laisser prendre ? railla-t-il. Cela aurait été plus rassurant pour toi !

Fawna se reprocha sa méfiance.

– Non, je… ce n'est pas ce que je voulais dire, bredouilla-t-elle. Mais tu dois me comprendre : je t'ai laissé parmi eux, tu étais épuisé… Tu n'avais pas une chance !

Il inspira profondément :

– Je sais, Fawna. Je ne parviens pas moi-même à expliquer ce qui s'est passé là-bas. Je devrais être mort, au milieu des ruines. Mais le destin ne l'entendait pas ainsi.

Il leva les yeux vers les étoiles qui pâlissaient :

– Il faut partir maintenant ! L'Ombre du Dragon va bientôt s'étendre de nouveau. Nous devons rejoindre le campement avant qu'elle ne nous rattrape.

Ils reprirent la route en silence. Quelques heures plus tard, ils arrivaient en vue du campement.

Fawna était songeuse. Qui était Shaar-Lun ? Qui était-il vraiment ?

Elle s'en voulait de nourrir une telle défiance à son sujet, mais les prodiges dont il était capable dépassaient l'entendement.

Une idée atroce lui glaça les sangs : et si… si ce n'était pas Shaar-Lun qu'elle accompagnait au campement des survivants ? S'il s'agissait d'un envoyé des Ténèbres ?

Fébrile, elle secoua la tête et gémit. Il fut aussitôt à ses côtés, doux et attentionné :

– Fawna, qu'as-tu ? Appuie-toi sur mon épaule.

Elle passa un bras autour de son cou et il la soutint jusqu'à l'arrivée.

Les apercevant, les sentinelles poussèrent des cris de joie.

Fawna, au bord de la syncope, ferma les yeux et adressa une prière à la Lune sombre :

– Par pitié, faites que je me sois trompée !

6

Les guerriers se dressèrent comme par magie sur le chemin des deux jeunes gens et les encerclèrent, l'arme haute. Chasseurs émérites et guerriers accomplis, ils assuraient la protection des survivants depuis des années. Ils s'approchèrent avec des airs farouches ; parvenus à un pas des jeunes gens épuisés, ils éclatèrent de rire et les embrassèrent :

– Fawna ! Shaar-Lun ! Vous êtes de retour !

Shaar-Lun se détendit enfin. Il abandonna Fawna aux bras de ses compagnons. Il y avait là Setis, Amath, Efrenn… des adolescents à peine plus âgés qu'eux.

Mais les rescapés de Selenæ ne vivaient pas vieux : les affrontements qui les opposaient aux troupes des Ténèbres se multipliaient, toujours plus violents et meurtriers. Les adolescents avaient vite appris à se battre, ils avaient dû prendre la place de leurs pères, de leurs frères. La tribu des nomades se réduisait peu à peu, comme une peau de chagrin.

Setis était le chef des gardes. Il devait avoir seize ans. C'était un gaillard large d'épaules, à la musculature sèche. Il se plaça devant Shaar-Lun, le visage grave.

– Oona ? Jardel ? demanda-t-il à voix basse.

Il connaissait déjà la réponse, mais refusait la vérité. Shaar-Lun cilla et garda le silence. Setis hocha la tête :

– Les enracinés, n'est-ce pas ?

– Oui, souffla Shaar-Lun.

Setis lui posa la main sur l'épaule dans un geste fraternel :

– Vous êtes là, tous les deux. Je m'en réjouis.

Sa voix était enrouée. Shaar-Lun n'osait pas croiser son regard : Oona était l'unique sœur de Setis, que Shaar-Lun considérait comme son frère... Il leva les yeux au ciel et poursuivit :

– L'Ombre du Dragon va bientôt s'étendre...

Setis se ressaisit. Il se racla la gorge avant de lancer :

– Au campement, vous autres ! C'est l'heure d'enfiler les armures !

Ils rebroussèrent chemin vers une des parois escarpées de la montagne. Dissimulée derrière des éboulis, une faille abritait le reste de la petite troupe.

Une dizaine de guerriers s'y réfugiaient. Shaar-Lun leur donna l'accolade. En découvrant ses traits tirés, les autres comprirent la situation et se gardèrent de l'interroger. Une ambiance lourde pesait sur la grotte. Les guerriers baissaient la tête, serrant les mâchoires. Ils brûlaient d'en découdre, d'organiser une expédition punitive. Setis prit la parole :

– Assez traîné ! Aux armures : il faut rejoindre la tribu.

Shaar-Lun sentit son cœur se serrer. « La tribu » désignait aujourd'hui la poignée de survivants rebelles qui refusaient de se soumettre aux forces des Ténèbres. Une centaine d'hommes et de femmes, principalement des vieux ou des enfants, c'était tout ce qui restait de la population de Selenæ.

L'un après l'autre, les nomades étaient tombés sous les coups de leurs ennemis. « Les plus chanceux d'entre eux », pensa Shaar-Lun avec amertume. Le sort des autres était tragique : contaminés par l'Ombre du Dragon, ils erraient à présent, pauvres mutants ravalés au rang de bêtes malfaisantes… Il frissonna en se remémorant les traits de Jardel, son masque de démon grimaçant. Il récupéra son armure et enfila ses divers éléments.

Les guerriers aidèrent Fawna, trop faible pour s'équiper seule. Puis ils l'installèrent sur un brancard de fortune, une espèce d'attelage de cordes dont ils ne se séparaient jamais, et qui trouvait trop souvent usage…

Puis chacun rajusta les lourds caparaçons qui constituaient leur seule protection. C'était du cuir de tallerch, un insecte mutant capable de creuser des galeries dans la pierre des montagnes, une créature jaillie des profondeurs de la terre à la suite du Titan.

On livrait une guerre sans merci à ces bêtes qui envahissaient les grottes, toutes pinces dehors, et dont le cuir épais permettait de se garder des rayonnements néfastes du Dragon.

L'armure était constituée de plaques de cuir façonné, moulé sur le corps des guerriers. On reliait chaque partie à l'aide de lacets solides, qu'on nouait avec soin. Le plus petit interstice pouvait laisser filtrer les rayons aux effets dévastateurs… Le harnachement était lourd, difficile à supporter, mais c'était leur unique moyen de survivre à l'Ombre du Titan.

– Tout le monde est prêt ? s'inquiéta Setis avant de revêtir son heaume.

Les guerriers acquiescèrent d'un hochement de tête. Ils enfilèrent les casques, munis d'une fine fente horizontale. On progressait tête basse, pour ne jamais s'offrir à l'ombre meurtrière. Et l'on se savait alors en danger permanent, incapable de prévoir une attaque menée des hauteurs de la montagne.

Shaar-Lun détestait cette armure qui entravait ses mouvements et l'oppressait. Mais c'était ainsi : ils devaient échapper à la malédiction, survivre coûte que coûte, assurer la pérennité de leur peuple.

Ils sortirent de leur abri et prirent la route. Quatre guerriers marchaient en tête, quatre autres suivaient en portant le brancard, et les autres fermaient la marche à distance. On préférait se déplacer par petits groupes, pour prévenir les avalanches déclenchées par les monstres qui peuplaient les montagnes. Setis et Shaar-Lun allaient en tête, l'arme au poing.

Le chemin serait long et périlleux jusqu'au sommet. Là, ils retrouveraient le camp retranché, ils se terreraient dans les profondeurs des souterrains.

La tribu vivait dans les flancs accueillants de la montagne, dans un dédale de couloirs autrefois creusés par les tallerchs. On avait agrandi les galeries, on les avait étayées. Le labyrinthe était pourvu de nombreuses sorties, qui permettaient l'évacuation du refuge en cas d'attaque massive. Pour l'heure, aucune offensive n'avait été organisée. Les créatures des Ténèbres n'avaient toujours pas localisé la base des rescapés. Et chacun priait pour que jamais ce moment n'arrive : les vieillards et les enfants seraient incapables de fuir, de survivre à l'extérieur. Ils étaient condamnés à demeurer dans la terre, à n'en sortir que de brefs instants sous les étoiles, toujours encadrés par des escortes aux aguets…

Shaar-Lun accordait son pas à celui de Setis. Il ressassait de funestes pensées : « Les hommes se sont mués en lapins, songeait-il. Nous courbons l'échine, nous attendons la mort comme une délivrance, sans jouir de notre existence… »

Il secoua la tête : ces images étaient condamnables, il le savait. Arh'En Dal prêchait l'espoir, l'avènement d'un jour nouveau, le retour de la lumière… Il interdisait qu'on se laisse gagner par l'abattement. Le grand prêtre connaissait la force sournoise de ces idées qui gangrenaient le moral des rebelles. Certains survivants, gagnés par le désespoir, sortaient en trompant la vigilance des gardes du camp. Ils marchaient alors au hasard, sous l'Ombre maléfique. Jamais on ne les revoyait.

Shaar-Lun serra les mâchoires : où étaient passés Linham, Ferthal, Raenlor ? Déambulaient-ils dans les montagnes, hagards, pauvres mutants voués à la sauvagerie ? Il accéléra l'allure, rageur.

Derrière lui, la colonne s'étirait en serpentant sur le sentier. On eût dit une longue file de gros hannetons pataudss, des silhouettes grotesques, malhabiles qui suivaient un parcours complexe : les guerriers rivalisaient de ruse, empruntant des chemins détournés pour semer d'éventuels traqueurs. À chaque sortie, ils ralliaient leur refuge souterrain par des voies différentes, effectuant de nombreuses pauses, laissant en arrière des volontaires qui s'assuraient de n'être pas suivis avant de rattraper leurs camarades. Il n'était pas rare que ces volontaires tombent sous les coups de leurs ennemis. Dans ce cas, les guerriers combattaient pied à pied, résistant le plus longtemps possible pour protéger la fuite des leurs…

Les ténèbres engloutirent soudain la troupe. Les étoiles disparurent.

« L'Ombre du Dragon, songea Shaar-Lun. Elle est sur nous. »

Ils ralentirent et se rapprochèrent les uns des autres. Ils devaient maintenant avancer dans les pas de ceux qui ouvraient la marche, pour éviter de glisser et de dévaler la pente. Car les chutes étaient mortelles : les pierres coupaient les lacets, l'armure se disloquait, offrant le corps de la victime aux rayonnements funestes…

Shaar-Lun songea à Fawna, aux guerriers qui la portaient. Il s'arrêta et les attendit patiemment.

Il était doté d'un remarquable sens de l'équilibre et d'un instinct de félin, qui lui permettaient d'anticiper les caprices du terrain, même dans l'Ombre du Dragon. Ils auraient pu se munir d'une pierre de lumière, mais répugnaient à employer cet artifice : les lueurs les plus faibles étaient aussitôt repérées dans la montagne. L'éclat des pierres magiques aurait attiré tous les monstres alentour. Autant allumer un bûcher à l'entrée de la grotte et les inviter à partager le repas !

Le groupe s'en remettait à Shaar-Lun, qui avançait en éclaireur.

Au prix d'efforts redoublés, ils atteignirent l'entrée sans encombre. Ils furent reçus par les sentinelles et se congratulèrent.

Setis ôta son casque. Ses cheveux étaient collés au visage par la sueur :

– Une fois encore, tu nous as menés à bon port, mon frère…

Shaar-Lun arracha son heaume. Il suffoquait. Il esquissa un sourire triste :

– Oui… Une fois de plus.

Il détourna la tête. Setis s'approcha et lui posa une main sur l'épaule :

– N'y pense plus ! Moi aussi, j'ai grand-peine… Mais je sais que tu n'as pas abandonné Oona parmi eux. Elle est morte avant d'être contaminée. Je le sens.

Il martelait ses mots, cherchant à s'en persuader. Shaar-Lun se dégagea.

– J'aurais dû la ramener, souffla-t-il. J'ai échoué.

Les visages de Oona et Jardel revinrent danser devant ses yeux. Il fut pris de vertige. Setis le soutint. Le ton du guerrier durcit :

– Chacun de nous sait ce qu'il risque. Une seule chose comptait : le Grimoire ! Fawna et toi l'avez rapporté. C'est pour nous un nouvel espoir, peut-être une nouvelle vie. Ce sacrifice était nécessaire.

Shaar-Lun le foudroya du regard : quel genre d'homme était-il pour se consoler aussi vite de la perte d'un être cher ? Oona était morte, et Setis ne pensait qu'à ce livre !

Il remarqua soudain les traits creusés de son compagnon, les rides qui ourlaient ses lèvres. Il lut la souffrance dans ses prunelles… Shaar-Lun se mordit la langue et regretta son emportement : Setis agissait ainsi pour le moral du groupe.

– Tu as raison, convint-il d'une voix sourde.

Ils se défirent de leurs armures et libérèrent Fawna. On l'emmena tout de suite à l'écart pour lui donner des soins.

Shaar-Lun saisit le Livre de la prophétie :

– Arh'En Dal nous attend...

Ils s'engagèrent dans les souterrains. Des flambeaux éclairaient çà et là les couloirs, projetant des ombres fantomatiques sur la pierre humide.

Setis et Shaar-Lun marchaient côte à côte. Ils longeaient les boyaux tortueux, semblables aux tentacules d'une pieuvre géante, emprisonnée dans le granit. Ils débouchèrent enfin dans la grotte principale, une vaste étendue au milieu de laquelle on avait dressé des tentes. La haute voûte était soutenue par des piliers de pierre qui conféraient à la caverne des allures de temple naturel.

Les deux jeunes gens traversèrent le camp pour rejoindre l'abri du grand prêtre. Prévenu de leur arrivée, Arh'En Dal les attendait sur le seuil. L'air grave, il tendit les mains pour récupérer le précieux ouvrage. Sans un regard pour Shaar-Lun, il retourna sous sa tente pour y déposer le Grimoire. Le jeune homme en eut le souffle coupé :

– Il... il ne m'a même pas remercié, il n'a pas eu un mot...

Setis affichait lui aussi une mine défaite. Il toussota et déclara, gêné :

– Ne lui en tiens pas rigueur, il a tant de problèmes à régler… Il se dépense sans compter, il est auprès de tous ceux qui ont besoin de réconfort, il…

– Inutile de le justifier, l'interrompit Shaar-Lun. Je sais tout cela. Il n'empêche que…

Il ne termina pas sa phrase. Sheelba, l'impératrice, s'approchait. Elle souriait, radieuse :

– Te voilà de retour parmi nous, mon fils.

Elle l'embrassa tendrement, et Shaar-Lun se calma. Sa mère l'avait toujours soutenu. Elle lui vouait un amour sans limites.

– J'ai rempli ma mission, murmura-t-il.

Puis il ajouta, maussade :

– Le grand prêtre a obtenu ce qu'il désirait.

Sheelba feignit de ne pas relever l'amertume dans ses mots. Elle lui caressa doucement la joue :

– Arh'En Dal t'est reconnaissant, crois-moi, mon fils. Tu dois lui pardonner son attitude : il est très perturbé, et très fatigué. Nous avons beaucoup œuvré ces derniers temps. Laisse-le se reposer, et il viendra te témoigner sa gratitude.

Mais les paroles de l'impératrice ne parvinrent pas à réconforter son fils. Shaar-Lun connaissait trop bien le vieil homme, qui lui avait appris tout ce qu'il savait.

Dès sa naissance, le grand prêtre avait pris sous son aile protectrice ce garçon ténébreux au cou marqué d'un tatouage fascinant. Sans relâche, il avait donné son temps, son énergie pour lui permettre de grandir et de survivre dans ce monde dévoré par l'obscurité…

Shaar-Lun avait le cœur gros : Arh'En Dal lui avait paru si las ! Ses épaules étaient plus voûtées que jamais, ses traits tirés.

Et ses yeux exprimaient l'abandon.

Le jeune homme porta les mains à son front : l'Immortel, trop vieux ? Allons ! Il se faisait des idées !

Sa mère avait raison : le grand prêtre avait besoin de quelques heures de repos pour réapparaître, serein. Il leur communiquerait encore sa foi et son courage inébranlables.

Il prit congé de Setis et s'éloigna en compagnie de Sheelba :

– Où se trouve mon père ?

Un nuage passa dans les yeux de l'impératrice :

– Il est parti à la tête de ses hommes. On a signalé l'apparition d'un lac étrange, tout de boue translucide. Il… il craint une nouvelle manifestation du chaos.

Shaar-Lun garda le silence. Il passa un bras autour des épaules de sa mère et l'accompagna jusqu'à sa tente. Kaylan, l'Empereur-Mage, était assez fort pour braver les dangers du monde du dehors. Il possédait de fabuleux pouvoirs, même s'ils s'affaiblissaient sous l'influence de l'Ombre du Dragon. Mais sa science du combat et sa puissance légendaire le tiendraient à l'abri des forces des Ténèbres.

Sheelba et Shaar-Lun partagèrent le déjeuner avec leurs amis, autour d'un brasero commun. C'était une énorme cuvette de cuivre, dans laquelle on entretenait des braises. Ce feu permanent dispensait une agréable chaleur dans la grotte. Un astucieux système de paravents de métal masquait en partie les flammes du bûcher, dont la trop vive lueur aurait aveuglé les réfugiés. Pour s'éclairer à l'intérieur des souterrains, ils utilisaient des torches, accrochées aux parois, et les pierres de lumière qui jalonnaient le sol.

L'endroit baignait continuellement dans un halo crépusculaire.

À la fin du repas, Arh'En Dal rejoignit les convives. Tous se turent à son approche. On scrutait le visage du grand prêtre, on restait suspendu à ses lèvres. Le vieil homme esquissa un sourire et vint s'installer à côté de Shaar-Lun. Il posa une main sur son épaule et déclara :

– Shaar-Lun et Fawna nous ont rapporté le Grimoire d'Éliphas Reuel. Ils ont perdu, hélas, deux compagnons dans cette entreprise.

Un lourd silence s'abattit sur l'assemblée. L'annonce d'un deuil était ressentie par chaque membre de la tribu comme une plaie vive.

– Mais leur victoire est certaine, reprit le grand prêtre. Grâce à eux, nous saurons ce qu'il convient de faire pour vaincre notre malédiction !

Les survivants se regardaient sans trop oser y croire : avaient-ils bien entendu ? Arh'En Dal leur laissait espérer la fin de leur calvaire ! Après avoir vécu toutes ces années terrés comme des bêtes, ils avaient accepté leur sort.

– Nous fêterons cela plus tard, ajouta le grand prêtre. Je dois me préparer à la lecture du Livre. Et je ne pourrai le faire en l'absence de l'Empereur-Mage.

Il retourna sous sa tente.

Shaar-Lun le suivit du regard, puis s'adressa à Sheelba :

– Vous avez vu juste, mère. Arh'En Dal est épuisé, mais il nous a annoncé la bonne nouvelle.

Sheelba hocha la tête :

– Fawna et toi avez réussi, mon fils.

L'émotion lui noua la gorge, et elle s'empressa de se lever pour rejoindre un groupe d'enfants.

Depuis qu'ils avaient fui Selenæ, Sheelba s'était dévouée à la cause des nombreux orphelins que comptait la tribu. Elle les soignait, les réconfortait, les éduquait, travaillant dur sans jamais se plaindre. Shaar-Lun en concevait une immense fierté.

Il s'approcha des enfants. Les petits adoraient ce grand frère adoptif, qui riait avec eux et leur racontait la vie à l'extérieur. Shaar-Lun s'appliquait à leur décrire les dangers qui les guettaient au-dehors. Il veillait à ne pas les terroriser, tout en les mettant en garde : les inconscients ne vivaient pas longtemps dans les montagnes brumeuses…

Sheelba sourit devant ce spectacle. Son fils était installé au milieu d'un groupe d'enfants, qui l'assaillaient de questions. Il répondait patiemment à chacun d'entre eux, n'hésitant pas à prendre un gamin sur les genoux, à ébouriffer une tignasse…

Elle vint s'asseoir à ses côtés et le félicita. Shaar-Lun lui retourna le compliment :

– Vous êtes comme une mère pour eux, impératrice !

– Je ne suis plus que l'impératrice des ombres, murmura-t-elle tristement. Regarde autour de toi, mon fils, et vois ce qu'il reste de notre peuple, autrefois si fier…

Elle étouffa un sanglot. Shaar-Lun la prit dans ses bras :

– Je suis là, mère. Et tout cela va bientôt changer, je vous le promets… Qu'importe le palais ! Où que vous soyez, vous resplendissez, et je suis tellement fier d'être votre fils !

Il déposa un baiser sur son front.

Setis s'approchait dans leur dos. Il toussota pour manifester sa présence. Shaar-Lun redressa la tête :

– Oui ?

– Fawna va mieux, dit le guerrier. Elle te souhaiterait à ses côtés.

Shaar-Lun salua sa mère et se dirigea vers la tente des blessés. Setis le retint :

– Mais avant cela, le grand prêtre désire te voir.

Shaar-Lun dévisagea son ami. Il avait l'air soucieux :

– Un problème ?

Setis secoua la tête de droite et de gauche.

– Je ne sais pas. Il paraissait inquiet. Je…

Il hésitait.

– C'est à propos de l'empereur, finit-il par lâcher.

7

Shaar-Lun courut jusqu'à la tente du grand prêtre. Une boule d'angoisse lui obstruait la gorge.

Il écarta le rideau qui masquait les appartements de Arh'En Dal et pénétra sans s'annoncer.

– Qu'est-il arrivé à mon père ? s'écria-t-il.

– Moins fort, répliqua Arh'En Dal sans le regarder. Inutile d'affoler nos compagnons.

Shaar-Lun ne parvenait pas à se contrôler. Ses lèvres tremblaient, il bégaya :

– Que… Où est-il ?

Arh'En Dal posa un doigt sur ses lèvres.

– De grâce, mon enfant : reprends-toi ! Tu veux vraiment semer la panique parmi nos amis ?

Shaar-Lun était au comble de l'énervement. La tranquillité affichée par le grand prêtre l'exaspérait.

Il inspira profondément, luttant pour retrouver son calme.

– Pardonnez-moi.

Arh'En Dal l'invita de la main à s'asseoir à sa table de travail. Le Grimoire y reposait, toujours scellé. Un bol fumant, contenant un liquide noir et nauséabond, attira le regard du jeune homme.

– Quelle est cette chose ?

– C'est pour cela que ton père est parti, répondit Arh'En Dal avec des airs de conspirateur. La terre s'est ouverte dans les montagnes, et ce liquide a jailli, remplissant le fond de la vallée. Kaylan a décidé d'y aller avec quelques-uns de ses hommes. Il devrait être revenu parmi nous à présent, et je m'inquiète…

– Vous n'en savez pas plus ? damanda Shaar-Lun. Il est peut-être sain et sauf ?

Quand les yeux du grand prêtre rencontrèrent les siens, il put y lire toute la tristesse du monde.

– Hélas, mon enfant. J'ai eu une vision funeste…

Le cœur de Shaar-Lun s'emballa. Arh'En Dal était un devin ; il avait prédit le réveil du Titan, la chute de Selenæ. Le jeune homme bondit sur ses pieds.

– Je vais y aller, s'exclama-t-il. Je dois le retrouver, le ramener ici.

– Assez ! tonna Arh'En Dal.

Son cri avait cloué Shaar-Lun sur place. Stupéfait, il considéra le grand prêtre. Ce dernier attendit un instant avant de poursuivre :

– Pense à Sheelba ! Si l'impératrice venait à perdre son époux, crois-tu qu'elle supporterait de voir son enfant subir le même sort ?

Shaar-Lun s'entêta :

– Je peux faire quelque chose, j'en suis sûr.

Arh'En Dal se leva, contourna la table et se planta devant lui.

– Tu ne comprends pas, Shaar-Lun. Tu ne dois pas mettre ta vie en danger : nous avons le Grimoire, et tu es peut-être l'Élu.

Il avait murmuré ces dernières paroles. Shaar-Lun leva un sourcil, intrigué :

– Quelle est cette nouvelle folie ?

Agacé, le vieil homme lui serra le bras avec une force surprenante :

– Tu représentes la survie de notre peuple, Shaar-Lun. Sans toi, nous disparaîtrons tous ! Tu vas jouer un rôle essentiel et…

– Mais Selenæ est morte ! explosa Shaar-Lun. J'en reviens ! Il n'y a plus que des cendres, là-bas ! Ouvrez les yeux ! Cessez de vivre dans le passé : nous sommes condamnés à nous battre, c'est le seul moyen de repousser l'échéance !

Arh'En Dal le gifla, et Shaar-Lun se tut. Il se raidit et passa lentement la main sur sa joue empourprée.

– Pardon, mon fils, dit le grand prêtre, mais il le fallait. Tu vas t'asseoir, à présent, et m'écouter sans m'interrompre.

Son ton était sans appel. Abasourdi, Shaar-Lun s'exécuta. Jamais Arh'En Dal n'avait haussé la voix avec lui. Jamais il n'avait levé la main sur lui... Il se laissa tomber sur son siège.

– Je crois que j'ai trouvé le moyen de nous débarrasser du Titan, reprit le grand prêtre.

Le jeune homme sonda le visage de Arh'En Dal : était-il fou ? Il parlait de vaincre le Dragon, cet être divin, capable de masquer le soleil !

– Je sais ce que tu penses, poursuivit Arh'En Dal, imperturbable. Tu me crois sénile, mais tu as tort.

Il caressa la couverture du Grimoire.

– Le Livre contient toutes les réponses à nos questions, sous forme de prophétie. Éliphas Reuel, l'homme qui est entré pour la première fois en contact avec le Titan endormi, était un devin d'exception. Il avait tout prévu. Il a consacré sa vie à l'étude du Dragon, a réfléchi aux moyens de s'en débarrasser – je n'ai pas employé le terme « vaincre » – et tout est consigné ici.

Shaar-Lun se leva brusquement et tendit la main vers l'ouvrage :

– Si tel est le cas, il n'y a qu'à le lire !

Le grand prêtre plongea en avant et lui saisit le poignet :

– Il n'en est pas question !

Surpris, Shaar-Lun l'interrogea du regard.

– Seul un initié peut se livrer à un tel exercice, souffla Arh'En Dal d'une voix grave.

Il desserra sa prise et le libéra avant d'ajouter :

– Ne… ne m'en demande pas plus pour l'instant. Sache simplement que…

Il blêmit, leva la tête et fixa Shaar-Lun d'un regard hypnotique :

– … je le ferai sous peu.

Troublé, Shaar-Lun bredouilla des excuses, puis changea de sujet :

– Je voulais vous parler d'un étrange phénomène que j'ai vécu dans les ruines de Selenæ…

– Tu veux parler des gardiens du temple ? le coupa le vieil homme. J'aurais dû te prévenir.

Shaar-Lun secoua la tête :

– Non, ce n'est pas ça. Je… j'ai combattu des enracinés et…

Fasciné, Arh'En Dal écouta le jeune homme lui conter son aventure. Shaar-Lun n'omettait aucun épisode. Il lui décrivit ainsi les détails de son combat, sa blessure, le miracle : comment ses forces s'étaient décuplées, lui permettant de terrasser ses adversaires, comment la plaie s'était refermée, pour s'effacer complètement. Comment il n'avait pas été corrompu par la terrible maladie…

Shaar-Lun parlait d'une voix basse et saccadée. Les flots de paroles jaillissaient de ses lèvres. Il se libérait d'un poids qui l'oppressait depuis sa fuite des ruines de Selenæ. Quand il se tut, il constata que son interlocuteur pleurait en silence. Arh'En Dal le couvait du regard.

– Ainsi, chuchota-t-il, je ne me suis pas trompé… Louée soit la Lune sombre !

Il se tourna vers un coffre, y prit une carafe de vin et en remplit deux verres. Il en tendit un au jeune homme et but le sien avec délectation :

– Il est temps pour moi de t'en apprendre un peu plus…

8

Shaar-Lun avait un désagréable goût de cendre sur les lèvres quand il quitta la tente du grand prêtre. Les révélations du vieil homme l'avaient bouleversé. Il traversa le camp, sourd aux appels des enfants, et s'isola dans son abri. Il éprouvait le besoin de réfléchir.

Il s'allongea sur sa couche, un bras replié devant les yeux. La tête lui tournait.

« Moi non plus, je n'ai plus été atteint par la maladie depuis que j'ai perdu ma jeunesse au contact du Titan », avait dit Arh'En Dal.

Shaar-Lun s'était inquiété de la nature exacte du monstre, de ces pouvoirs qu'il distribuait.

Le grand prêtre avait poursuivi, la voix tremblante : « Tu ne pouvais pas savoir, mon enfant. Tu es trop jeune. Et pourtant, tu as été, dès ta naissance, en contact avec la Bête. Comme moi, ton père a perdu sa jeunesse. Regarde-toi, Shaar-Lun : tu n'as qu'une dizaine d'années, et tu es presque un homme… Tu es beaucoup plus fort, beaucoup plus mûr que ceux de ton âge. Tu es… *différent*. Et tu dois l'accepter. »

Le garçon avait voulu se rebeller, mais l'évidence s'était imposée à son esprit. Oui, il avait grandi vite. Il avait toujours fait preuve d'une étonnante maturité, bien qu'il ne s'en fût jamais soucié…

Arh'En Dal restait persuadé que seul le Livre leur en apprendrait davantage : « Nous n'en savons pas assez ; nous n'en sommes qu'aux balbutiements. Nous progressons en aveugles, mais le Grimoire nous révélera ce que nous voulons connaître… »

Shaar-Lun l'écoutait, anéanti. Qui était-il, au vrai ? Un mutant ? Une de ces créatures hybrides qui hantaient les montagnes ? Un monstre maudit de tous, un de ceux qu'il combattait depuis sa plus tendre enfance ? Avait-il le droit de rester avec les survivants ? Ne devrait-il pas s'éloigner au plus vite avant de devenir à son tour une bête sanguinaire, un danger ?

Arh'En Dal avait perçu son malaise. Il avait continué pourtant. « Je vais passer la main, dit-il doucement. Quelqu'un va me remplacer. Je dois faire mon choix et transmettre mon don d'immortalité. Ce n'est pas une tâche aisée : celui qui héritera de ce pouvoir sera le guide spirituel de notre communauté. C'est un lourd fardeau pour des épaules qui n'y ont pas été préparées… »

Shaar-Lun s'était ébroué. Non, ce n'était pas possible ! Il avait secoué la tête dans une tentative dérisoire de nier la vérité : « Tu es fatigué, Arh'En Dal. Tu devrais te reposer. Je le sais, tu vas te reprendre ! Tu peux encore marcher à nos côtés… »

Il avait posé la main sur l'épaule du vieil homme : « Nous avons besoin de toi ! »

Le grand prêtre haussa les épaules avec lassitude : « Hélas, mon enfant ! L'heure est venue. Je dois lire le Livre, et je ne pourrai le faire qu'après avoir légué mon pouvoir… »

Il s'était muré derrière un silence songeur. Shaar-Lun avait pris congé.

À présent, il gémissait, effondré sur son lit. Des cauchemars l'assaillaient.

Il se voyait couvert d'écailles, s'envolant vers les étoiles, à la poursuite du soleil. Il s'imaginait crachant des flammes, vomissant des torrents de chaleur sur les derniers humains. Sheelba et Fawna étaient là, à genoux, le suppliant de les épargner. Kaylan et ses hommes se dressaient devant lui, l'épée haute. Et Shaar-Lun, avec un rictus haineux, les foudroyait...

Pourtant, quelque chose en lui résistait encore. Une part de lui-même refusait de se soumettre. Une voix lointaine l'exhortait à rallier les humains, à rejeter les Ténèbres qui coulaient dans ses veines...

Il hurla.

Il s'éveilla en sursaut.

Il regarda ses mains sans oser y croire : non, il était humain ! Il ne s'était pas transformé en monstre !

Il se leva d'un bond et sortit. Évitant de croiser des gardes, il se dirigea vers les couloirs qui remontaient à l'extérieur. Il s'arrêta à quelques pas de la sortie et regarda les flancs escarpés de la montagne.

Tout était noir. La pierre, noyée dans l'Ombre du Dragon, avait cet aspect gluant, poisseux qui répugnait tant aux humains. C'était un puits sans fond, un abîme de noirceur. Il s'adossa à la paroi. Ses jambes ne le portaient plus.

Une brise légère soufflait, faisant bruisser la végétation dégénérée. Car, tout autour d'eux, ce n'était plus de l'herbe qui poussait : c'étaient des plantes rugueuses, tranchantes comme des rasoirs. Une fibre élastique qu'on ne pouvait prendre en main sans se blesser cruellement. Il était loin, le temps où les bébés jouaient par terre en gazouillant de bonheur. Aujourd'hui, tout enfant qui échappait à la surveillance du groupe et s'aventurait à l'extérieur de la grotte ne tardait pas à hurler de douleur. On retrouvait ainsi des nourrissons défigurés après leur chute dans « l'herbe »…

Shaar-Lun ravala des larmes de rage. Les derniers humains étaient condamnés à se terrer pour échapper aux Ténèbres et à leur lèpre. À l'extérieur ne survivaient plus que des humanoïdes pervertis. Des créatures hybrides. Comme lui ?

Il voulut se relever, mais un haut-le-cœur l'en empêcha. Son tatouage pulsait ; il était fébrile. Il laissa fuser une plainte rauque et perdit l'équilibre. Son front heurta la roche, et il plongea au cœur de la nuit…

– Shaar-Lun, mon fils, m'entends-tu ?

La voix de Sheelba lui parvenait à travers les brumes de ses rêves. Il battit des paupières. L'impératrice était là. Penchée au-dessus de lui, elle passait un linge humide sur son visage. Arh'En Dal était auprès d'elle, ainsi que Setis et quelques gardes aux visages livides.

– Nous l'avons trouvé inconscient, non loin d'un de nos postes de surveillance, expliquait l'un d'entre eux.

Le guerrier se reprochait amèrement de n'être pas venu plus tôt en aide au fils des empereurs.

– Vous avez fait ce qu'il fallait en nous le ramenant, le rassura Sheelba. Il se remet déjà…

Shaar-Lun se redressa sur un coude. Il voulut parler, mais sa mère posa un doigt sur ses lèvres :

– Ne dis rien, repose-toi.

Il grimaça. La fièvre le torturait toujours.

– C'est mon père, gémit-il. L'Empereur-Mage est en danger…

Sheelba ferma les yeux. Elle connaissait le pouvoir de son fils et le lien qui l'unissait à son père depuis qu'ils s'étaient trouvés ensemble au contact du Dragon…

Elle s'efforça de ne rien laisser paraître de son trouble.

On aida Shaar-Lun à se relever et on le soutint jusqu'à sa tente. Sheelba y entra avec lui. Arh'En Dal les suivit.

Apercevant le grand prêtre, Shaar-Lun se redressa :

– Le Dragon… J'ai besoin de savoir…

Arh'En Dal le regarda un long moment, puis il hocha la tête : une nouvelle fois, il reprit l'histoire de Selenæ. Il décrivit l'envol du Dragon, la nuit éternelle qui s'en était suivie. Il relata la victoire des armées des Ténèbres, regroupées autour d'un général…

– Parle-nous un peu du Titan, le coupa Shaar-Lun. Nous n'en voyons que l'Ombre, mais toi, tu l'as vu, comme mon père…

Arh'En Dal secoua la tête, gêné.

– Non, avoua-t-il, ni Kaylan ni moi ne l'avons vu. Aucune créature ne peut voir le Titan. Il est trop grand. Nous nous sommes seulement approchés de lui. Nous en avons payé le prix… J'étais jeune alors, et je ne comprenais pas…

– Comme mon père ?

Arh'En Dal dévisagea Shaar-Lun avec gravité. Le jeune homme l'avait interrompu, mais le grand prêtre ne lui reprochait rien. Il le savait obsédé par le sacrifice de son père.

– Oui, dit-il, tout comme l'Empereur-Mage autrefois, qui descendit au cœur des Ténèbres pour te sauver, j'ai perdu ma jeunesse au contact du Titan.

– Et moi ? demanda Shaar-Lun. Quelle part de moi-même ai-je abandonnée à son contact ?

Arh'En Dal allait répondre quand le rideau de l'entrée s'écarta brusquement.

Le visage défait d'un garde apparut :

– Des hommes de l'empereur sont de retour ! Ils… Oh, par la Lune sombre ! Ils sont tombés dans un piège !

Sheelba s'était relevée. Ses yeux horrifiés allaient du messager à son fils, qui venait de prédire le malheur.

Shaar-Lun avait bondi. La nouvelle terrible avait chassé les derniers lambeaux de fatigue. Tous ses sens étaient aux aguets.

– Parle ! tonna-t-il. Qu'est-il arrivé ?

Le garde bégaya des explications confuses en reculant, effrayé.

Shaar-Lun sortit aussitôt et interrogea les survivants de l'escouade de Kaylan, deux guerriers fatigués, qui suaient sous leurs caparaçons de cuir lacérés.

– Une embuscade, mon seigneur ! Ils nous attendaient en nombre. Nous avons lutté, mais les hommes tombaient les uns après les autres…

– Et vous avez fui, lâches ! cria Shaar-Lun. Vous avez abandonné mon père !

– Ce n'est pas vrai ! protesta l'un des deux guerriers.

– Mais vous êtes là, bien en vie ! Peut-on en dire autant de l'empereur ? hurlait Shaar-Lun.

– C'est une tragédie, finit par articuler l'un des deux hommes. Nous combattions au bord du lac noir quand l'empereur a été touché. Il nous a ordonné de partir pour vous annoncer la nouvelle, puis il a plongé dans les eaux de nuit pour ne pas être capturé vivant.

– Il a crevé la surface noire et n'a plus reparu…, ajouta l'autre sur un ton lugubre.

Shaar-Lun fut envahi par la rage et le désespoir. Fallait-il châtier ces hommes qui avaient abandonné son père ? Il les dévisagea durement.

Les guerriers titubaient de fatigue.

– Qu'on les emmène, et qu'on leur donne des soins !

La voix de Sheelba avait claqué dans le silence, figeant tout le monde. Très digne, l'impératrice se tenait roide, et son visage n'affichait plus aucun sentiment. Elle se tourna vers Shaar-Lun :

– En l'absence de Kaylan, mon fils, tu es le nouvel empereur.

Le jeune homme frémit :

– Mère… Je… je ne peux…

Sheelba s'effondra soudain dans ses bras. Il la porta sur son lit.

– Je te la confie, dit-il à Arh'En Dal. J'ai à faire.

– Où vas-tu, Shaar-Lun ? s'inquiéta le grand prêtre.

– Je vais chercher mon père, répondit le jeune homme sans se retourner.

Il ceignait déjà son armure de cuir. Atterré, Arh'En Dal assistait à ses préparatifs :

– Mais… tu es fou ? Tu n'as aucune chance !

Shaar-Lun serrait les dents pour ne pas pleurer. Tout basculait soudain autour de lui. Kaylan, l'homme qu'il admirait le plus, le guerrier invincible, l'empereur respecté… Kaylan était tombé sous les coups des forces du Mal !

– Je dois y aller, déclara-t-il avec une voix d'enfant. N'a-t-il pas agi de même pour moi, autrefois ?

Arh'En Dal n'objecta rien.

– Soit ! répondit-il d'une voix sourde. Va, puisque tel est ton choix.

Il baissa les yeux et s'occupa de Sheelba. L'impératrice était blême et respirait à peine.

– Prends soin d'elle, chuchota Shaar-Lun avant de quitter la tente.

Arh'En Dal le regarda s'éloigner en soupirant : l'enfant était valeureux, il ferait sans doute un merveilleux Empereur-Mage… si seulement on lui en laissait le temps ! Le grand prêtre songea avec amertume qu'il aurait aimé être à ses côtés et assister à son sacre. « Hélas, je ne puis continuer ainsi. Quelqu'un doit lire le Grimoire et livrer la prophétie… »

Il se recueillit un long moment auprès de Sheelba, priant avec ferveur pour que la Lune sombre lui accorde la force de mener à bien sa mission.

9

Shaar-Lun atteignait la sortie du couloir de pierre quand il fut rejoint par trois hommes. Les guerriers avaient revêtu leurs armures. Ils avançaient le casque à la main. Setis, qui allait en tête, suivi de deux guerriers solidement armés, effectua un salut martial :

– Nous sommes prêts à vous escorter, Majesté.

Shaar-Lun se crispa.

– Je ne suis pas empereur, Setis. Tant que mon père vivra…

Il s'interrompit, les lèvres sèches. *Kaylan n'était pas mort*, il ne voulait pas y croire. Setis restait de marbre :

– L'impératrice nous a demandé de vous escorter.

Ce ton impersonnel agaçait Shaar-Lun, qui s'efforça de rester calme :

– C'est impossible, Setis. Je dois y aller seul. Je n'ai pas le droit de mettre vos vies en péril.

Imperturbable, le guerrier soutint son regard :

– C'est mon devoir de veiller sur vous, *Majesté.*

« Maudite tête de mule ! » songea Shaar-Lun. Il hésita un moment, puis secoua la tête. Son ami le suivrait jusqu'aux Enfers, il le savait !

– Très bien, Setis. Puisque c'est un ordre… Mais cesse de me vouvoyer, et souviens-toi de mon prénom !

Setis salua de nouveau avant d'enfiler son casque. Les deux guerriers de l'escorte l'imitèrent.

– Nous sommes prêts.

Shaar-Lun donna l'accolade à son ami :

– Allons-y. La route est longue.

Ils sortirent l'un après l'autre et s'enfoncèrent dans l'obscurité.

Ils gravirent la pente escarpée qui menait au col le plus proche. Ils progressaient lentement, gardant chacun une main sur l'épaule de celui qui le précédait, pour ne pas perdre le contact dans la nuit. Dans l'Ombre du Dragon, on ne pouvait pas même distinguer ses pieds.

Setis s'accrochait à Shaar-Lun. Il essayait de ne pas ralentir le jeune homme, mais n'avait pas son aisance dans les ténèbres.

Les deux autres guerriers étaient eux aussi à la peine. Leur souffle rauque rythmait la marche.

Shaar-Lun escaladait la montagne sans leur prêter attention, mû par l'idée obsédante que son père était peut-être encore en vie. « Il est là, quelque part, se répétait-il. Il est prisonnier des mutants, ou caché dans une grotte… »

Parvenus au col, ils s'accordèrent une courte pause. De là, on distinguait *la frontière de la nuit*. Les survivants avaient baptisé ainsi la fine bande de lumière qui soulignait le contour des ailes du Dragon. Lorsqu'on parvenait à s'élever, on pouvait assister à ce miracle furtif pour peu que le Titan batte de ses ailes gigantesques…

Le Dragon leur accorda cc bonheur. Pendant quelques secondes, la lumière fusa dans le ciel, à des lieues de là. Ce n'était qu'un rai pâle, qui éclaboussa de sa lueur une chaîne montagneuse, mais ils en restèrent fascinés. Shaar-Lun songea à Fawna. Il aurait voulu la serrer contre lui à cet instant, partager avec elle cette vision fabuleuse… Il ne l'avait pas embrassée avant de quitter le campement et le regrettait amèrement.

Il s'ébroua.

– Nous devons repartir.

– Tu as raison, dit Setis à regret. Ne traînons pas. Les cols attiraient toutes sortes de créatures, qui souhaitaient apercevoir la frontière de la nuit. Ils avaient eu beaucoup de chance de ne rencontrer personne. Mieux valait maintenant s'éloigner au plus vite.

Ils franchirent donc le col et suivirent un sentier qui serpentait vers la vallée. Dans l'obscurité, il leur était impossible de distinguer le panorama qui s'étendait à leurs pieds. Ils devraient s'arrêter à mi-pente, trouver un abri et y attendre le retour de la Lune sombre. À la lueur des étoiles, ils se débarrasseraient de leurs armures et pourraient entreprendre d'inspecter ce « lac noir » qu'on leur avait décrit.

Ils atteignirent une petite faille dans la roche, au fond de laquelle ils se réfugièrent. Après être convenus d'un tour de garde, ils se reposèrent pendant quelques heures.

Ils ne parlaient pas, perdus chacun dans ses pensées. Au retour des étoiles, ils auraient besoin de toutes leurs forces…

Shaar-Lun ne parvint pas à trouver le sommeil. Des images récurrentes le hantaient. Il revoyait le visage déformé de Jardel, le corps de Oona dans la poussière… Les cris des enracinés résonnaient dans sa tête et le harcelaient dès qu'il fermait les paupières. Dans son cauchemar, les traits de Kaylan se substituaient à ceux de Jardel. Son père s'approchait de lui en ricanant. L'empereur adoptait une posture grotesque, un rictus bestial déformait sa bouche. Il tendait vers son fils une main griffue et essayait de le lacérer… Shaar-Lun sursautait et sa respiration s'accélérait. Il s'efforçait d'effacer cette vision de son esprit tourmenté. « Je sais que tu n'es pas mort, se répétait-il. Tu es là, quelque part. Je vais te retrouver. »

Quand les étoiles allumèrent dans le ciel leur halo tremblant, il avait les yeux bouffis de fatigue.

Il secoua Setis, qui se réveilla en grognant. Rialdo et Vendor, les deux autres guerriers, affichaient la même mine brouillée. Ils défirent leurs armures, les rangèrent dans un coin de la grotte et étirèrent leurs membres douloureux. Setis se massait la nuque. Il empoigna son épée et rejoignit Shaar-Lun, qui s'était posté à la limite de la faille rocheuse.

Ce qu'il découvrit à ses pieds le laissa sans voix. Les eaux sombres avaient envahi la totalité de la vallée, noyant les reliefs, recouvrant le décor d'un manteau de suie. C'était une mer luisante, où se reflétaient les flancs de la montagne.

– Quelle est cette folie ? coassa le chef de la garde.

Shaar-Lun ne répondit pas, perdu dans la contemplation de cette surface calme, plus noire que le jais, qu'aucun courant ne venait troubler.

Le jeune homme tentait de se remémorer l'aspect de la vallée avant son inondation. Où étaient passés les arbres morts qui offraient aux étoiles leurs squelettes fossilisés, et les pics acérés qui perçaient les versants comme des aiguilles de couturière plantées dans une boule de chiffon ?

Il n'en restait rien. Le liquide avait tout englouti.

Shaar-Lun prit une forte inspiration et fronça le nez. De lourds effluves flottaient dans l'air, qu'il n'avait pas perçus quelques heures auparavant. Suant et soufflant sous son armure, attentif au moindre bruit, il n'avait pas noté ce parfum particulier. L'odeur s'imposait maintenant, omniprésente. Elle paraissait imprégner les lieux.

Il glissa la tête hors de son abri et inspecta les alentours.

Ils se trouvaient au tiers supérieur de la pente. À leurs pieds, les eaux sombres s'étendaient à perte de vue.

Une idée saugrenue s'imposa à l'esprit du jeune homme : « L'Ombre du Dragon… Elle s'est détachée du Titan et rampe sur le sol en avalant tout sur son passage… »

Il se mordit les lèvres pour ne pas rire : « Imbécile ! Voilà que tu inventes les mêmes bêtises que les vieilles restées au camp ! Des histoires destinées à épouvanter les enfants, à les garder dans la grotte… »

Il interrogea Setis du regard. Le guerrier lui signifia son incompréhension.

– Je ne sais pas quelle est cette sorcellerie, souffla-t-il. Le liquide a jailli voilà deux jours. Il n'y en avait qu'une flaque épaisse et gluante, au fond de la vallée…

Ils quittèrent leur abri, l'épée à la main, et entreprirent de descendre au bord de l'océan de nuit.

Ils marchaient à distance les uns des autres, jetant de fréquents coups d'œil par-dessus leur épaule pour s'assurer qu'aucun ennemi ne prenait position sur les hauteurs. Mais la montagne était calme, déserte. Ils étaient les seuls à s'aventurer sous les étoiles…

Le sol limoneux s'effritait sous leurs pas. De petites vagues granuleuses glissaient le long du versant jusqu'aux flots ténébreux. La surface des eaux se troublait à peine en avalant le sable. Un léger remous agitait alors le miroir sombre, qui se lissait aussitôt.

Parvenu à quelques pas de l'étendue, Shaar-Lun leva son épée. Ses compagnons se figèrent : c'était le signal d'un danger imminent.

Ils se raidirent, prêts à toute éventualité, et lancèrent des regards circulaires. Mais il n'y avait rien,

rien que cette pente instable… Aucune ombre menaçante, pas une silhouette à l'horizon.

Setis adressa un regard inquiet à son compagnon. Le sixième sens de Shaar-Lun ne l'avait jamais trompé : la menace était réelle… Il plaquait la main sur son tatouage. Setis éprouva une brusque bouffée d'angoisse : d'où viendrait l'assaut ? Des hauteurs ? Non, tout était calme.

Il blêmit soudain.

– Les eaux sombres, balbutia-t-il.

Il scruta l'immensité d'ébène. Il crut y deviner des masques de douleur. Les visages de morts s'y dessinaient et le fixaient de leurs yeux éteints… Setis se sentait sur le point de basculer.

– Vous… vous les voyez comme moi ? demanda-t-il.

Rialdo et Vendor allaient répondre quand des vociférations éclatèrent dans leur dos, les clouant sur place.

Ils pivotèrent tous quatre, l'arme haute. Un nuage de poussière stagnait au-dessus du sol ; au milieu se dressaient des silhouettes terrifiantes.

Shaar-Lun fut le premier à comprendre.

– Ils s'étaient enterrés ! hurla-t-il. C'est un piège !

Rialdo et Setis réagirent aussitôt, parant les attaques. Leurs armes étincelèrent en sonnant contre l'acier ennemi. Vendor, lui, resta pétrifié. Il fixait le nuage grisâtre et ne vit qu'au dernier moment le monstre qui se jetait sur lui. La silhouette massive traversa soudain le paravent de cendres, le frappant à la hauteur du sternum. Vendor s'étrangla et perdit l'équilibre. Il percuta la surface des eaux sombres, qui s'ouvrit pour l'accueillir dans ses profondeurs… Le guerrier coula comme une pierre.

Setis luttait pied à pied contre deux monstres qui l'acculaient au lac de ténèbres. C'étaient des humanoïdes à gueule de sanglier, des hybrides vêtus de guenilles aux couleurs de l'armée du Mal. Ils combattaient à la hache, décrivant de terribles moulinets qui sifflaient aux oreilles du guerrier. Ce dernier rendait coup pour coup et esquivait les assauts en effectuant de petits bonds de côté. Las ! Il serait bientôt repoussé dans l'océan de nuit. Ses talons n'étaient plus qu'à quelques pas du bord, dont le sol friable se désagrégeait…

Il hurla de rage et plongea en avant. Surpris, ses adversaires hésitèrent une fraction de seconde. Setis en profita pour glisser sa lame sous la garde du premier, qu'il atteignit au ventre. La bête émit un gargouillement, tomba à genoux et roula jusqu'au lac, où elle disparut à son tour.

Setis était affalé dans la poussière. Il n'eut que le temps de rouler et de lever son arme au-dessus de sa tête : l'autre monstre passait à l'assaut. Le guerrier ne réussit pas à parer le coup. L'hybride avait frappé avec une telle force que sa hache abaissa l'épée pour s'enfoncer dans l'épaule de sa proie. Tétanisé par la douleur, Setis ouvrit la bouche, mais ne put crier. Il se cabra et fouetta l'air d'un pied, atteignant son adversaire à la rotule. La bête glapit et tomba sur le sol. Setis se jeta sur elle et la roua de coups. Ils roulèrent tous deux au bas de la pente, enlacés en une étreinte mortelle.

Les eaux s'ouvrirent silencieusement pour les accueillir en leur sein.

Rialdo et Shaar-Lun s'étaient placés dos à dos. Ils faisaient tournoyer leurs épées, tenant à distance les quatre monstres survivants.

– Il faut remonter, haleta Shaar-Lun. Nous sommes trop près du lac.

Sans cesser de combattre, ils entreprirent de gravir le versant. La progression était hasardeuse : leur poids déclenchait des éboulements de limon, et ils risquaient à chaque instant de perdre l'équilibre.

Shaar-Lun atteignit l'un des hybrides à la gorge. Celui-ci lâcha son arme et plaqua ses mains sur la plaie, pour endiguer les flots de sang. Il glissa au sol.

– Approchez ! hurlait Rialdo. Venez goûter à notre bon acier !

Il s'enflammait, et n'était plus assez lucide pour anticiper les attaques des monstres. L'un d'eux vit l'ouverture et se fendit. Sa hache manqua de peu la hanche du jeune homme, qui para aussitôt. Son épée décrivit un arc de cercle et s'abattit dans un bruit mat sur le crâne de son adversaire. La bête s'affala sans une plainte.

Rialdo exultait :

– À présent, nous sommes à égalité ! Allons : finissons-en !

Il bondit vers l'une des créatures. Shaar-Lun attaqua l'autre monstre. Décontenancés, les hybrides reculèrent.

Celui qui faisait face à Rialdo tenta de s'enfuir, laissant choir son arme. Rialdo n'eut aucune pitié : il le rattrapa en quelques enjambées, le saisit par la crinière et l'égorgea.

– Pour Vendor et Setis ! éructa-t-il.

Shaar-Lun parvint à désarmer son ennemi en effectuant une botte rapide. Sa lame força la défense de la bête et la blessa à l'avant-bras. La hache tomba sur le sol, et l'hybride leva aussitôt les mains en signe de reddition.

Rialdo approchait, l'œil enflammé. Il leva son arme.

– Crève, créature des Ténèbres !

Shaar-Lun eut juste le temps de l'empêcher d'abattre son épée. Incrédule, Rialdo hurla :

– Tu… tu veux lui laisser la vie ?

Shaar-Lun lui saisit le bras.

– Il nous le faut vivant, déclara-t-il froidement. Je veux savoir ce qu'il est advenu de mon père.

Rialdo sembla émerger d'un cauchemar. Il tourna vers Shaar-Lun un visage défait :

– Pardon, balbutia-t-il. Je ne sais pas ce qui…

– Je comprends ce que tu ressens, le rassura Shaar-Lun. Setis et Vendor étaient mes amis.

Avec un rictus carnassier, il s'adressa au monstre, qui se tenait courbé, les mains sur la nuque :

– Il va falloir parler ! Mon compagnon n'est pas enclin à la patience… et j'éprouve moi aussi l'envie de te tuer !

Le prisonnier fut parcouru de tremblements, mais il se reprit. Il adopta une posture de défi.

– Gloire au Titan éveillé ! clama-t-il. Vous n'êtes qu'une poignée de rebelles, alors que nous sommes des milliers. Bientôt, mes frères vous auront exterminés !

Perdant toute maîtrise, Shaar-Lun le gifla. Le monstre se tut. Shaar-Lun s'approcha encore. Leurs visages se touchaient presque.

– Tu penses sans doute pouvoir me tenir tête, commença-t-il avec douceur.

La bête haussa les épaules, méprisante.

– Tu sais que nous pouvons te torturer, poursuivit Shaar-Lun sur un ton égal.

L'autre souriait toujours, bravache.

– Peut-être même nous résisteras-tu jusqu'au bout…

L'hybride bomba le torse et acquiesça.

– Mais tu ne pourras rien contre ma magie ! siffla Shaar-Lun.

Le prisonnier écarquilla les yeux, affolé.

– Attache-le, ordonna Shaar-Lun à Rialdo.

Ce dernier saisit les poignets du monstre et les ligota. La bête râlait, se débattait, mais elle se trouva bientôt allongée sur le sol, entravée.

Shaar-Lun ouvrit une petite bourse de cuir qui pendait à sa ceinture, y préleva quelques ingrédients, qu'il écrasa au creux de sa paume. Il saupoudra la bête de cette mixture en psalmodiant une incantation.

Le monstre se cabra, ses yeux se révulsèrent ; il ne bougea plus. Une bave mousseuse apparut à la commissure de ses lèvres. Il laissa fuser une plainte lugubre tandis qu'une forme ectoplasmique se détachait de lui.

– Par la Malemort ! s'écria Rialdo. Quelle est cette diablerie ?

Shaar-Lun lui imposa le silence d'un geste sec. Il s'agenouilla auprès du corps et regarda tranquillement la silhouette fantomatique qui tourbillonnait au-dessus de lui.

– Bien, dit-il avec calme. Ton corps est inerte, mais ton esprit m'est soumis. Tu es en mon pouvoir : tu vas me dire tout ce que tu sais.

Une voix d'outre-tombe se fit entendre. Elle tombait de nulle part.

– Parle, maître, et je te répondrai…

Rialdo se mordit le poing et assista, médusé, à ce dialogue ahurissant. Shaar-Lun interrogeait l'esprit matérialisé du monstre !

– L'empereur et ses hommes sont tombés dans notre piège, dit la voix sépulcrale. Nous savions que les eaux sombres attireraient les rebelles. Il nous a suffi de nous enterrer et de les attendre, comme nous l'avons fait pour vous attaquer. L'océan de ténèbres n'était pas aussi large. Son niveau était bien plus bas dans la vallée. Des pics rocheux affleuraient encore. L'Empereur-Mage a bien résisté. Il s'est défendu avec courage, mais sa magie n'est plus aussi puissante que la tienne…

– Que lui avez-vous fait ? hurla Shaar-Lun. Parle !

L'ectoplasme émit une espèce de grincement – une parodie de rire, songea Rialdo. Puis il poursuivit :

– Rien. Nous n'avons pas eu le temps de le capturer. L'empereur avait escaladé un des pitons de granit. Il combattait comme un diable. Et puis il a vu que deux de ses hommes étaient parvenus à s'éloigner. Alors, il leur a hurlé : « Voyez et racontez à mon fils ! Il saura, il comprendra ! » Puis, sans hésiter, il a plongé dans le lac.

Shaar-Lun réprima un haut-le-cœur.

– Ce n'est pas possible ! s'exclama-t-il. Jamais mon père n'aurait fait une telle folie ! Jamais il ne se serait suicidé : il aurait résisté jusqu'au bout, et serait tombé l'arme au poing en emportant ses adversaires avec lui !

L'ectoplasme grinça de nouveau :

– C'est pourtant ce qui s'est passé…

Effondré, Shaar-Lun secoua la tête.

– Les deux hommes qui se sont échappés… Ils ne m'ont rien dit.

Le spectre ne répondit pas. Il riait de plus belle, et la montagne renvoyait l'écho de son rire monstrueux.

Shaar-Lun se releva brusquement, l'esprit confus. Portant la main à son cou, il hurla de désespoir. Puis il s'assit sur le sol et resta prostré un long moment, laissant Rialdo interdit. Le guerrier ne savait que faire pour lui venir en aide. L'épée à la main, il surveillait la silhouette fantomatique et le corps du monstre, inerte sur le sol.

Quand enfin Shaar-Lun se redressa, il avait les traits profondément creusés :

– J'ai… j'ai assisté à toute la scène, en rêve… Il…

Sa voix se brisa sur les derniers mots :

– Il n'a pas menti. *Mon père est mort…*

Le jeune homme marcha en titubant jusqu'au spectre :

– Pourquoi Kaylan a-t-il agi ainsi ?

Il ne se contrôlait plus. Il voulait comprendre :

– Pourquoi ne s'est-il pas battu ?

– Seul l'Empereur-Mage aurait pu répondre, répliqua l'esprit.

– Pourquoi les deux hommes ne se sont-ils pas acquittés de leur mission ?

L'ectoplasme savourait la douleur du jeune homme.

– Tu dois me le dire ! insista Shaar-Lun.

– Soit, tu l'auras voulu ! Ils ne t'ont pas prévenu *parce qu'ils sont avec nous*. Ils ont trahi Kaylan ; ce sont eux qui l'ont amené ici... Ensuite, ils ont guidé nos troupes vers votre refuge.

La nouvelle glaça Rialdo et Shaar-Lun.

– Des traîtres, murmura ce dernier. Les deux « rescapés » étaient à la solde des Ténèbres ! Par la Lune sombre...

– Ce n'est pas possible, le coupa Rialdo. Si tel était le cas, les monstres nous auraient massacrés avec les nôtres !

Shaar-Lun se raccrocha à cette idée. Implorant, il se tourna vers la forme dansante :

– Il a raison ! Explique-moi cela !

– Nous avions obtenu des renseignements. Nous savions que tes pouvoirs étaient encore grands. Tu aurais pu avoir une vision, et prévoir notre invasion. Il nous fallait t'éloigner...

Cédant à un accès de rage, Shaar-Lun frappa le corps du monstre, qui glissa le long de la pente. L'ectoplasme s'esclaffa, mais son rire se mua en supplication tandis que le corps dévalait la pente vers les eaux sombres.

– Tu ne peux pas faire ça, tu dois me laisser la vie, m'emprisonner !

Shaar-Lun cracha dans sa direction :

– Quand tu verras mon père, salue-le pour moi… S'il t'en laisse le temps !

Il regarda la dépouille disparaître dans l'océan de noirceur ; l'esprit la suivit, comme un voile de tulle blanc.

Il resta là, le souffle court, à contempler la surface redevenue calme.

Puis, le front barré d'une ride d'angoisse, il s'adressa à Rialdo :

– L'impératrice, balbutia-t-il d'une voix blanche. Fawna ! Elles… elles sont en danger !

10

Rialdo et Shaar-Lun avaient couru à la grotte. Ils avaient fébrilement revêtu leurs armures et s'étaient réparti celles de leurs camarades disparus – on ne pouvait les abandonner, et risquer de les voir profiter aux troupes des Ténèbres. Ils avaient repris à marche forcée la direction du campement des survivants.

Shaar-Lun avançait sans réfléchir. Il fallait rejoindre l'abri des rescapés, sauver ceux qui pouvaient encore l'être ! Les visages de l'impératrice et de Fawna flottaient devant ses yeux embués. Si quelque chose devait leur arriver, le jeune homme savait ne jamais pouvoir s'en remettre.

Il serra les mâchoires et redoubla d'ardeur.

Rialdo peinait derrière lui, et son souffle de forge rythmait leur progression hallucinée.

Parvenant à l'une des entrées secrètes du labyrinthe souterrain, ils furent assaillis par des images de mort : deux gardes gisaient dans une flaque de sang noircie. On les avait massacrés, sans leur laisser une chance. Leurs armes étaient encore au fourreau, aucun d'eux n'avait pu répliquer…

Les visages figés, les yeux écarquillés des guerriers témoignaient de leur surprise. Ils étaient morts sans comprendre… Avec leur sang, les agresseurs avaient maculé les parois du corridor, dessinant des symboles vénérés par les armées du Mal.

Rialdo s'agenouilla auprès des corps et leur ferma les yeux.

– Ils ont été égorgés, constata-t-il. L'attaque venait de l'intérieur…

La poitrine comprimée par l'angoisse, Shaar-Lun détaillait les alentours. Il imaginait sans peine les événements : les traîtres étaient venus à la rencontre des sentinelles, ils avaient discuté avec elles. Peut-être même avaient-ils échangé quelques plaisanteries… Puis ils les avaient égorgées, avant de donner le signal aux envahisseurs massés à l'extérieur.

Plus rien ne pouvait entraver l'entrée victorieuse des monstres sanguinaires.

Il se secoua et se débarrassa de son armure. Tirant son épée du fourreau, il fit signe à Rialdo de le suivre. Ils longèrent les couloirs plongés dans l'obscurité. Les assaillants avaient éteint les flambeaux : ils ne supportaient pas la lumière.

Les deux jeunes gens arrivèrent à la première grotte. Un spectacle de fin du monde les y attendait. Les tentes n'étaient plus que des amas éventrés, qui achevaient de se consumer. Les colonnes de fumée charriant l'odeur des cadavres s'écrasaient contre la voûte et retombaient en une pluie de cendres.

Rialdo et Shaar-Lun marchèrent au milieu des décombres, lançant çà et là des regards ahuris. Ils cherchaient un survivant, un ultime souffle de vie. En vain : seuls des membres charbonneux, tordus dans des postures improbables, se tendaient vers eux. Les cadavres semblaient les appeler à l'aide…

Toutes les grottes offraient à la vue les mêmes scènes immondes. Partout, Rialdo et Shaar-Lun enjambaient les cadavres, traversaient les décombres fumants. Ils erraient comme des âmes en peine, promenant leurs silhouettes grisées par les cendres au milieu de ce carnage.

Pris de folie, Shaar-Lun se mit à courir en hurlant à travers les ruines. Il appelait ses amis, répétait des noms aimés… mais n'obtenait pour réponse que l'écho de sa voix répercutée contre les voûtes des cavernes.

Rialdo le rattrapa et le prit par les épaules. Il le secoua brutalement pour le ramener à la réalité :

– C'est fini ! déclara-t-il d'une voix rauque. Ça ne sert plus à rien : ils sont morts ! Les monstres sont partis, et nous devons faire de même avant d'attirer d'éventuels retardataires.

Shaar-Lun refusait l'évidence. Il montra les dents :

– Qu'ils viennent ! Je les attends, ces charognards ! Je les tuerai, les uns après les autres, et mon épée s'abreuvera de leur sang !

Rialdo s'écarta de lui, désolé. Shaar-Lun avait les yeux bouffis, il tremblait. Il se vidait de sa peine, il fallait le laisser faire. Bientôt, il se calmerait de lui-même…

Shaar-Lun s'effondra, dos à la paroi. Le souffle court, il laissa son regard divaguer sur les vestiges du campement achevant de se dissoudre sous la morsure des braises. Une vague de désespoir le submergea : ils n'étaient plus que deux !

C'en était fini de leurs espoirs de victoire. Il ne leur restait plus qu'à combattre une dernière fois, en espérant une mort rapide.

Il lança un œil morne vers une des sorties. Pourquoi ne pas aller à l'extérieur, et attendre l'Ombre du Dragon et son baiser pervers ? Ne seraient-ils pas mieux en rejoignant les troupes des Ténèbres ? Les monstres pensaient-ils ? Étaient-ils torturés par le remords ? Non, assurément. Alors Shaar-Lun et Rialdo déambuleraient, incapables de penser, jusqu'à ce que la mort les fauche à leur tour…

« Tu délires ! songea-t-il soudain. Est-ce ainsi que tes parents t'ont élevé ? Tu fais un bien piètre guerrier ! Relève-toi et réagis ! »

En réponse à ses dernières pensées, son tatouage se mit à pulser, comme pour l'exhorter à recouvrer ses forces et sa volonté.

Il leva la tête vers Rialdo :

– Pardonne-moi, je ne sais pas ce qui m'a pris.

– Tu n'as pas à t'excuser, répondit Rialdo. J'ai manqué, moi aussi, de perdre pied.

Le guerrier se tut brusquement et se pencha pour fouiller les cendres. Il se redressa en brandissant des menottes crasseuses :

– Des fers ! s'écria-t-il. Ils ont fait des prisonniers !

Une flamme d'espoir s'alluma dans les yeux de Shaar-Lun : des esclaves ! Bien sûr ! Les forces des Ténèbres en raffolaient… Elles n'avaient pas massacré tous les rebelles. Certains d'entre eux avaient échappé à la tuerie. Il était encore temps de leur venir en aide !

Son cœur battait la chamade, les idées les plus folles affluaient dans son cerveau en ébullition. Sheelba ! Fawna ! Arh'En Dal ! Ils étaient peut-être vivants… Pour un peu, il se serait mis à rire comme un enfant. Oui, il n'en doutait plus : ils étaient encore en vie ! Shaar-Lun se raccrochait à cette idée, il cherchait à s'en persuader de toutes ses forces.

Il échafauda à voix haute un plan insensé.

– Nous allons les rattraper : j'utiliserai ma magie, tu pourras les délivrer…

Rialdo lui saisit fermement le bras :

– Plus tard, Shaar-Lun. D'abord, nous devons achever les fouilles. Nous trouverons peut-être du matériel, des armes. Et nous en saurons plus sur la direction qu'ils ont prise.

Il désignait d'un mouvement circulaire les nombreuses galeries qui partaient de la grande caverne.

Shaar-Lun passa nerveusement la main sur son visage. Rialdo avait raison : il fallait agir avec calme, sans se laisser gagner par la haine. Ils n'avaient pas droit à l'erreur !

– Soit, acquiesça-t-il. Ne tardons plus.

Ils fouillèrent méthodiquement toutes les salles, longeant les couloirs obscurs, utilisant des pierres de lumière pour éclairer les grottes dévastées. Pas un signe de vie, pas un indice ne vint les réconforter.

Partout, les envoyés des Ténèbres avaient fait montre d'une sauvagerie inouïe, saccageant et pillant tout sur leur passage. Ils avaient mené leur entreprise de destruction avec un zèle effrayant.

Shaar-Lun traversait les salles au pas de charge. Sa hargne décuplait à chaque découverte macabre.

Ils atteignirent la dernière grotte, située au plus profond des galeries. Une fois de plus, seul l'écho de leurs pas se fit entendre.

– Peine perdue, fit Rialdo. Cette grotte est vide. Nous n'y avons jamais rien entreposé : les monstres n'y sont même pas venus.

En effet, la roche était nue, sans aucune trace de combat. Le sol humide disparaissait sous le lichen. Shaar-Lun eut un geste agacé :

– Tout ça pour rien !

– Non, Shaar-Lun, rectifia Rialdo en lui présentant un large sac de toile. Nous avons des armes, des pierres de lumière. Quelques provisions aussi…

Rialdo faisait preuve de sagesse. Il était difficile de trouver à manger à l'extérieur. En l'absence de soleil, la végétation avait dépéri, puis muté. Il ne poussait quasiment rien qui fût comestible au-dehors. Les survivants avaient appris à cultiver quelques plantes, ils pratiquaient l'élevage. Shaar-Lun soupira en pensant aux enclos anéantis. Les monstres avaient tout emporté. Sans doute ripaillaient-ils en ce moment, en riant et chantant. Shaar-Lun serra les poings : il les imaginait qui célébraient leur victoire et se gaussaient des vaincus !

Ils allaient quitter la salle quand un frôlement les fit sursauter. Shaar-Lun bondit à l'abri du corridor, imité par Rialdo.

– Qu'est-ce que c'était ?

Shaar-Lun lui ordonna le silence d'un geste.

Une pierre de lumière luisait toujours au centre de la grotte. Son halo tremblant ne suffisait pas à en éclairer les contours.

Il se raidit en devinant un mouvement furtif à l'une des extrémités. Les failles étaient nombreuses dans la roche. Ils avaient pu ne pas s'apercevoir d'une présence…

Il étouffa un juron : là-bas, une ombre se profilait à la lisière des ténèbres. Shaar-Lun plissa les paupières. Il se sentit envahi par la haine en identifiant le bâton de guerre portant l'emblème des forces du Mal.

C'en était trop pour le jeune homme, qui bondit en avant, l'air farouche.

– Tu as eu tort de rester pour achever les mourants ! hurla-t-il. Tu vas enfin pouvoir te mesurer à un mage en pleine possession de ses pouvoirs !

Il enchaîna aussitôt avec une incantation. Il n'était plus que rage. Son esprit criait vengeance.

Une voix déformée lui parvint :

– Shaar-Lun, mon enfant ! Tu es en vie ! Louée soit la Lune sombre !

Il s'interrompit, tremblant de tous ses membres, retenant l'énergie accumulée au bout de ses doigts tendus.

– Cette voix…, bredouilla-t-il. Ce n'est pas possible…

Sheelba apparut à l'extrémité du couloir. Son visage était tuméfié, ses vêtements déchirés. Elle tenait devant elle le bâton de shaman monstrueux. Arh'En Dal était à ses côtés. Il semblait à bout de forces et marchait en s'appuyant sur une canne de fortune. Shaar-Lun n'en croyait pas ses yeux :

– Comment…

Sheelba s'avança vers lui, bras ouverts. Son visage ruisselait de larmes :

– Tu es vivant, mon fils !

Il fit un pas de côté et tendit les mains au-dessus de la tête de l'impératrice. Les traits de feu jaillirent de ses doigts et partirent au fond de la grotte. La roche explosa sous l'impact dans une déflagration sèche.

Shaar-Lun tomba à genoux :

– Mère ! C'est vous ! Je… j'aurais pu…

Elle secoua la tête et l'embrassa :

– N'y pense plus. Nous sommes là, tu es sauf…

Elle avisa Rialdo et se tourna vers le grand prêtre :

– Arh'En Dal est touché.

Shaar-Lun se précipita pour porter secours au vieil homme. Il grimaça : Arh'En Dal était gris. Ses yeux n'étaient plus que des puits sombres. Sa peau avait l'apparence du parchemin. Une large auréole pourpre s'ouvrait sur sa poitrine, maculant sa robe.

– Tu… arrives bien…, souffla-t-il. Je n'aurais pas pu… protéger l'impératrice plus…

Il s'évanouit dans les bras du jeune homme.

11

Rialdo récupéra des couvertures encore utilisables et ils installèrent le grand prêtre dans un abri de fortune. Sheelba prodigua au vieil homme des soins de première urgence. Elle l'examina en silence et se rasséréna : la plaie était profonde, mais pas infectée.

– Il a eu beaucoup de chance, dit-elle en appliquant un onguent sur la blessure. Il n'y a pas trace de poison...

Les forces du Mal y avaient souvent recours. Elles enduisaient la pointe de leurs flèches et le fil de leurs épées de décoctions qui laissaient leurs proies agonisantes. On n'échappait pas à leurs attaques : on nourrissait l'illusion d'en être sorti indemne, et le Mal pernicieux vous envahissait...

Sans doute l'arme qui avait touché Arh'En Dal avait-elle fait de nombreuses victimes avant lui. Le poison avait infecté d'autres corps.

Pour l'heure, le grand prêtre s'agitait dans son sommeil. Il proférait d'obscurs avertissements dans une langue inconnue de ses trois compagnons.

Après s'être assurée que Arh'En Dal était hors de danger, Sheelba rejoignit les deux jeunes hommes. Rialdo avait attisé un brasero improvisé. L'impératrice s'assit près de la source de chaleur et se frotta les mains en frissonnant.

Shaar-Lun tendit une gourde d'eau à sa mère, qui but sans un mot. Il l'observait, gêné. Toute la détresse du monde se lisait sur les traits de Sheelba, et il n'osait rompre le silence. Elle s'humecta les lèvres, se rinça le front et le cou.

Rialdo s'était détourné, et Shaar-Lun lui en sut gré. L'impératrice s'appliquait à retrouver une apparence digne ; il convenait de lui accorder quelques instants d'intimité.

Elle repeigna avec grâce son abondante chevelure et se força à sourire.

– Nous avons fait tout ce que nous avons pu, commença-t-elle avec une petite voix. Ils… ils ont surgi de partout. Leurs cris affolaient les enfants, terrorisaient les femmes. Nos guerriers ont combattu avec bravoure, mais ils étaient à un contre dix. J'ai utilisé mes pouvoirs ; hélas ! ils se sont révélés insuffisants…

Elle se tourna vers Shaar-Lun :

– Tu sais combien nos réserves se sont amenuisées…

Shaar-Lun acquiesça. Elle le couvait des yeux :

– Tu possèdes un pouvoir miraculeux, mon fils. Jamais tes ressources ne se tarissent. Tu nous as manqué…

Il n'y avait pas une once de reproche dans sa voix, mais ses mots mortifièrent Shaar-Lun.

– Jamais je n'aurais dû m'éloigner du camp, lâcha-t-il.

Elle lui caressa la joue avec douceur :

– Non, Shaar-Lun. Tu ne dois rien regretter. La Lune sombre en a décidé ainsi. Si tu étais resté parmi nous, peut-être serais-tu allongé là, quelque part au milieu des décombres.

Sa gorge se serra et elle s'interrompit. Elle faisait des efforts pour ne pas pleurer. Shaar-Lun la trouva très belle et très digne. Il eut un pincement au cœur en notant les rides qui marquaient ses yeux et la commissure de ses lèvres, rappelant combien Sheelba avait souffert…

Elle effaça d'un doigt une larme imaginaire.

– Je ne suis plus rien, avoua-t-elle. Mon pouvoir s'est enfui avec la lumière. Depuis que le Titan s'est éveillé et que son ombre maléfique plane au-dessus de nous, mes sorts perdent peu à peu de leur efficacité. Bientôt, je ne pourrai même plus soigner les blessés…

Shaar-Lun la prit tendrement dans ses bras :

– Vous parvenez encore à faire des miracles, mère : Arh'En Dal est sauf, grâce à vous.

Sheelba baissait la tête.

– Tu ne comprends pas, dit-elle dans un murmure. J'ai tellement honte ! Nous ne parvenions plus à endiguer le flot des envahisseurs. Nous en couchions dix, il en venait cent. Arh'En Dal se débattait lui aussi dans la tourmente. Il a fait rempart de son corps pour me permettre d'user de ma magie. Et puis il a été blessé…

Sheelba parlait vite, comme pour se débarrasser d'un fardeau trop lourd. Elle reprit son souffle en fixant le rougeoiement du brasero. Les braises illuminaient son visage, soulignant ses traits fins.

– Il m'a supplié de fuir. Il hurlait que je devais rester en vie, me préserver pour pouvoir agir plus tard. J'ai vu le sang sur sa robe, et j'ai voulu le mettre à l'abri. Il serrait le Grimoire contre lui, ne cessait de répéter que c'était notre dernier espoir… Nous avons emprunté ce couloir. Parvenu à la grotte, Arh'En Dal s'est évanoui. Je suis restée là, à le veiller. Je suppliais la Lune sombre d'avoir pitié de lui. La bataille avait tourné très vite à l'avantage des monstres. Je n'ai plus entendu les cris.

Elle observa un long moment de silence. Les yeux vagues, elle paraissait revivre le cauchemar de ces dernières heures.

– J'ai traîné le grand prêtre dans une faille. Nous nous sommes blottis dans l'ombre. Quelques créatures sont venues inspecter la grotte, mais elles ne nous ont pas trouvés. Je ne sais pas combien de temps je suis restée ainsi à prier. Et puis vous êtes arrivés…

Elle serrait les poings, partagée entre la colère et le désespoir.

– Nous n'avons rien pu faire ! cria-t-elle soudain. Nous n'avons trouvé notre salut que dans la fuite !

– Vous n'êtes pas responsable, dit Shaar-Lun avec force.

Elle prit le visage du jeune homme entre ses mains et posa sur lui son regard limpide :

– Si, mon fils. Pense à ces enfants, à ces femmes qui croyaient en nous, qui nous pensaient capables de les protéger… Où sont-ils à présent ?

Son échec la mortifiait.

– Et ton père, Shaar-Lun, qui peut me dire où il se trouve ?

– Je n'ai… je n'ai pas retrouvé son corps, bredouilla Shaar-Lun. Il… il n'est peut-être pas…

– Tais-toi ! s'écria-t-elle en portant une main à ses lèvres.

Elle se releva et fit quelques pas. Interdit, Shaar-Lun voulut la rattraper et la réconforter. Rialdo le retint par le bras.

– Laisse-la, chuchota le guerrier. Nous avons tous besoin de repos. Dors un peu, je veillerai.

Ils se relayèrent tous deux pendant quelques heures.

Sheelba s'était allongée auprès du grand prêtre. Elle sanglotait sans bruit, ne parvenant pas à trouver le sommeil. La disparition de Kaylan avait eu raison de sa résistance.

Enfin, ils se réunirent autour du brasero. Sheelba avait les yeux bouffis. De profonds cernes assombrissaient son visage. Elle était comme une fleur prématurément fanée, et ce spectacle consternait Shaar-Lun.

Il cherchait en vain des mots de réconfort. Il jeta un regard éperdu à son compagnon. Rialdo esquissa un geste d'impuissance.

Une voix rocailleuse les surprit :

– Ne pleure plus, Sheelba. L'heure de la revanche a sonné !

L'impératrice fit volte-face. Arh'En Dal, le grand prêtre de la Lune sombre, se tenait roide face à elle. Il respirait avec peine et brandissait le Grimoire :

– Je vais le lire, et vous saurez tout.

Shaar-Lun sauta sur ses pieds :

– Arh'En Dal ! C'est de la folie, mon ami. Allonge-toi, tu n'as pas encore récupéré de…

Le vieil homme avait le souffle douloureux. Ses traits étaient comme des sillons ouverts dans sa peau grise. Il se força pourtant à sourire à ses trois compagnons.

– Il n'est plus temps de se reposer, reprit-il. J'ai trop longtemps repoussé cet instant. Si j'avais agi plus tôt, rien de cela ne serait arrivé. Kaylan serait encore parmi nous, comme tous nos frères…

Rialdo voulut intervenir, mais Arh'En Dal leva la main.

– Vous comprendrez bientôt, dit-il simplement.

Il prit place auprès du brasero et inspira avec lenteur :

– Je n'osais pas ouvrir le Grimoire. En dépit de mon rang, je me sentais envahi par une lassitude incontrôlable. Je suis l'aïeul, *celui-qui-ne-meurt-pas*. Je suis immortel. Et l'éternité est parfois un fardeau bien lourd à porter…

Il eut un hoquet douloureux.

– Tu as un rôle à jouer, me répétais-je. Tu te dois de soutenir l'impératrice dans sa tâche d'éducation ! Le petit a besoin de toi, tu peux encore servir…

Mensonge que tout cela ! Je me voilais la face, je refusais le sacrifice.

– Le sacrifice ? répéta Sheelba d'une voix blanche.

Arh'En Dal poursuivit, imperturbable :

– Parfois, je songeais à transmettre mon savoir, à communiquer mes attributions et à lancer le charme suprême. Mon remplaçant serait devenu à son tour l'aïeul, et moi, Arh'En Dal, qui avais connu plusieurs Empereurs-Mages, je m'en serais allé, libéré, vers un repos mérité.

Shaar-Lun lui posa une main sur l'épaule :

– Non, mon ami. Tu ne peux nous abandonner dans un moment comme celui-là.

Le vieil homme voulut sourire à nouveau, mais ne fit qu'esquisser une grimace.

– Moi seul peux lire le Grimoire. Celui qui le fait vieillit et perd la vie à mesure qu'il prend connaissance de son contenu…, dit-il d'une voix affaiblie. Pourtant, je suis certain que seule sa lecture nous apprendra le moyen de libérer notre terre du joug du Titan.

– Vous ne le pouvez pas ! intervint Rialdo. Vous devez rester en vie : les survivants ont besoin de votre présence. Par contre, rien ne me retient ici…

Arh'En Dal hocha la tête, reconnaissant :

– C'est courageux et honorable, Rialdo. Mais j'ai fait mon choix. Je vis depuis si longtemps… Ce que le Dragon m'a accordé autrefois, il est normal qu'un jour il me le reprenne.

Il s'assit en tailleur, face au feu, et posa précautionneusement le Grimoire sur ses genoux.

Shaar-Lun lança un regard anxieux à sa mère mais Sheelba, hypnotisée par les gestes du grand prêtre, ne le voyait plus.

Un silence lourd s'installa dans la grotte. Chacun était suspendu à ses lèvres.

– J'ai prié à mon réveil et lancé le charme suprême. Désormais, Sheelba possède mes pouvoirs.

– Moi ? s'écria l'impératrice. Mais comment… ?

– N'aie crainte, Sheelba, l'interrompit Arh'En Dal. Tu sauras bientôt les exploiter. Tu as l'éternité devant toi. Tu pourras guider ton peuple vers un avenir plus radieux. Le jour venu, tu transmettras ce don à ton tour…

Il se tourna vers Shaar-Lun :

– J'ai rêvé, ces dernières heures. De nombreuses images me sont apparues. Tu étais au centre de nombre d'entre elles, mon enfant. Tu as un grand rôle à jouer dans cette partie.

Shaar-Lun était abasourdi : Arh'En Dal était-il fou ? Son discours était incohérent : quel crédit pouvait-on accorder à des visions furtives surgies de sa fièvre ?

– Une partie ? Mais il ne s'agit pas d'un jeu !

– Tu es trop jeune pour comprendre, murmura Arh'En Dal. Mais ta mère pourra te le dire : par le passé, mes prémonitions se sont toujours avérées. Sans doute ne sont-elles qu'une parcelle de mes pouvoirs… Les dons du Titan ne sont pas tous empoisonnés.

Il faisait montre d'une telle détermination que Shaar-Lun garda le silence. Tétanisé, il suivit des yeux les mains du vieil homme qui caressait le Grimoire. Ses doigts couraient sur le parchemin ivoirin, comme pour en prélever la magie… ou l'inciter à ne pas se déclencher trop vite.

Il tourna la page, et le texte apparut.

C'était des runes d'or à l'éclat aveuglant. Les lettres se reflétaient sur la peau du grand prêtre, en un ballet fiévreux. Arh'En Dal plissa les paupières et se recueillit un instant. Puis il commença sa lecture en détachant chaque syllabe. Il paraissait lutter contre des barrières invisibles, dont il lui fallait briser la résistance pour poursuivre sa découverte du grand secret.

Il utilisait un langage inconnu, qui laissa ses auditeurs perplexes. Soudain, une phrase limpide retint leur attention :

– À l'heure du Jugement, le Titan plongera dans les Ténèbres et son feu achèvera de les consumer…

Le sens des mots échappait à Shaar-Lun. Il ne les entendait plus, fasciné par Arh'En Dal. Le vieil homme, après avoir lu cette sentence, s'était voûté. Il avait paru s'affaisser, comme un fruit trop mûr. Le jeune homme déglutit avec peine : ainsi, Arh'En Dal n'avait pas exagéré ? La lecture du Livre tuait ? Il voulut l'interrompre, mais son instinct l'en empêcha.

Le grand prêtre tournait une nouvelle page, dévoilant d'autres entrelacs magiques.

La lumière redoubla d'intensité. Sheelba et Rialdo reculèrent, une main devant les yeux. La clarté était insoutenable, elle leur brûlait la cornée.

Le discours du grand prêtre mêlait toujours une langue gutturale à des bribes intelligibles :

– Viendra l'Élu, continua-t-il d'une voix d'outre-tombe. Il survivra au baiser de l'Ombre et à la morsure de la Lumière. Celui-là seul pourra s'élever dans le ciel. Il devra chevaucher le Titan. Il ne fera qu'un avec lui et, ainsi, il trouvera le sommeil.

Arh'En Dal vacilla. Ses mains ressemblaient à des feuilles desséchées. Il eut du mal à tourner la page.

– Quiconque contemple le Dragon dans son entier s'embrase et périt au milieu des flammes…

La voix du grand prêtre n'était plus qu'un souffle sépulcral. Sheelba s'était penchée vers lui en gémissant. Elle saisissait l'enjeu de cette cérémonie, et redoutait de manquer la moindre parole du vieillard.

Celui-ci perdait consistance. Il se repliait, son essence vitale s'évaporait. Sa carnation ternissait à mesure qu'il poursuivait sa lecture. On eût dit une de ces momies qu'on retrouvait parfois au fond des cavernes.

– Il faut l'arrêter, gémit Shaar-Lun. On ne peut pas le laisser dans cet état !

– C'est trop tard, murmura Sheelba. Il doit achever ce qu'il a commencé…

– Viendra le sommeil, souffla le grand prêtre. Le retour au calme, la paix. *La délivrance…*

Une plainte déchirante fusa d'entre ses lèvres, et il se figea. Il tenait une dernière page, mais n'eut pas la force de la tourner. Le texte incandescent brillait de mille feux.

Il y eut un éclair, un craquement sec. Le Grimoire s'enflamma.

Rialdo fut le plus prompt à réagir. Il s'empara de cette torche et la jeta au loin pour protéger Arh'En Dal. Le vieil homme n'avait pas bougé.

Shaar-Lun tremblait. Il se pencha vers le grand prêtre et lui parla d'une voix implorante :

– Arh'En Dal, réponds-moi, je t'en supplie !

Mais le grand prêtre restait immobile. Horrifié, Shaar-Lun observait la transformation du vieil homme : à présent, c'était une enveloppe végétale creuse. Des mains de sarments, un visage d'écorce…

Shaar-Lun refusait l'évidence. C'en était trop. Il vivait un cauchemar éveillé, Arh'En Dal allait rouvrir les yeux, il lui parlerait. Ils riraient ensemble…

Fiévreux, Shaar-Lun tendit un doigt et lui effleura la joue. Le grand prêtre frémit... et il se répandit en cendres au pied du jeune homme.

Hébété, Shaar-Lun vit glisser au sol la toge du vieil homme. Il s'était dissous dans les airs en volutes délicates. Ne restait plus qu'un peu de poussière, une étoile claire sur la mousse.

Shaar-Lun se secoua. Un sentiment atroce l'envahissait : « Un conte pour enfants, se répétait-il, il est mort pour nous lire un livre de contes. »

– Ce livre maudit ne renfermait que des stupidités ! cracha-t-il. Arh'En Dal est mort pour des balivernes !

Sheelba s'approcha de lui. Elle tenta de le réconforter :

– Non, mon fils. Arh'En Dal savait ce qu'il faisait. Il n'a pas agi à la légère. Nous devons réfléchir aux prédictions qu'il nous a délivrées : elles nous mèneront probablement à la lumière.

– C'est impossible ! éclata Shaar-Lun. Le Dragon couvre le ciel, il masque les étoiles, il...

Sentant les larmes rouler sur ses joues, le jeune homme serra les poings :

– Nul ne peut le regarder dans son ensemble. Tout cela est folie !

Rialdo était lugubre. Ses yeux allaient sans cesse du Livre en flammes aux cendres du grand prêtre.

– Ils ne seront bientôt plus qu'un, dit-il. Que devons-nous faire ?

Il s'était tourné vers Sheelba. L'impératrice leva vers lui un regard empli de tendresse :

– Nous devons recueillir ses cendres. Nous ne les abandonnerons pas ici. Puis nous réfléchirons ensemble : il nous faut agir en sorte que son sacrifice ne soit pas vain…

12

Ils firent ainsi que Sheelba l'avait dit. Les cendres du grand prêtre furent réunies dans une petite urne de cuivre, trouvée parmi les décombres du campement. Le récipient fut scellé, et Sheelba l'entoura de linges avant de le dissimuler dans sa besace.

– Il est temps, à présent, souffla l'impératrice.

Ils retournèrent à l'entrée des souterrains pour y enfiler leurs armures. L'Ombre du Dragon s'étendait partout à l'extérieur.

Shaar-Lun se félicita de n'avoir pas abandonné les armures de Vendor et Setis : il aida Sheelba à en choisir une, puis s'assura que les pièces étaient correctement emboîtées.

Il observait à la dérobée le visage de sa mère. Il eut un pincement au cœur en détaillant ses traits fins et durs, son visage fermé, empreint de détermination. L'impératrice faisait montre d'une grande force de caractère. Elle avait perdu son mari, puis son père adoptif en la personne du grand prêtre, mais refusait de se laisser gagner par l'abattement.

Elle surprit le regard de Shaar-Lun et lui adressa un sourire triste :

– Je fais tout cela pour toi, mon fils. Tu es le dernier Empereur-Mage.

Il aurait voulu la détromper, mais fut incapable de prononcer le moindre mot. À son tour, il avait ceint l'armure de cuir. Il agissait mécaniquement, une boule d'angoisse dans la gorge. Le visage de Fawna, ses yeux rieurs dansaient sous ses paupières. Il priait pour la revoir…

Au signal de Rialdo, ils quittèrent la grotte sans se retourner.

La première vision assaillit Shaar-Lun alors qu'il atteignait le col.

La sueur lui brûlait les yeux et il peinait sur le chemin. La silhouette se dressa soudain devant lui dans une posture de défi. Shaar-Lun leva un bras devant son visage en un réflexe de défense. Son agresseur en profita pour lui plonger dans les jambes. Avec un cri étranglé, le jeune homme bascula dans le vide. Il s'agrippa à son adversaire et l'entraîna avec lui.

Ils tombèrent lourdement, ricochant contre la paroi. Le lac aux eaux noires les attendait, comme une gueule avide ouverte vers le ciel. Au moment où ils allaient s'y enfoncer, une force fabuleuse les souleva et les emporta dans les airs. Shaar-Lun s'aperçut alors que son adversaire possédait des ailes de cuir. Le monstre s'envolait, montait toujours plus haut…

Ils hurlèrent de concert quand ils dépassèrent l'Ombre du Dragon pour se retrouver baignés par la lumière du soleil.

L'éclat était aveuglant, proprement insoutenable. Il leur brûlait les yeux, leur tirait des flots de larmes.

Le démon replongea vers les ténèbres. Ses griffes cherchaient la gorge de Shaar-Lun, qui se débattait furieusement. Il rouait le monstre de coups, mais celui-ci y était insensible.

Ils se posèrent sur le sol rocailleux avec rudesse. Le démon souleva le jeune homme au-dessus de sa tête et l'envoya rouler dans la poussière. Shaar-Lun, le souffle coupé, parvint à se redresser sur un coude. Le monstre ailé arrivait sur lui. Il psalmodiait une incantation. Des flammèches jaillirent de ses doigts, illuminant son visage. Shaar-Lun tressaillit : le démon n'était autre que... Kaylan ! Sa démarche avait trompé le jeune homme. Ses traits déformés par la haine, ses postures simiesques empêchaient d'identifier l'Empereur-Mage. Ainsi, il était difficile de le différencier des mutants qui hantaient les montagnes noires !

Kaylan tendit les mains vers son fils, et une salve de flammes atteignit le jeune homme. Shaar-Lun gémit de douleur.

Aussitôt, l'Empereur-Mage éructa un ordre sec.

Shaar-Lun perçut des chuintements dans son dos. Il se retourna et aperçut des formes grotesques et dégoulinantes, qui jaillissaient du lac de ténèbres. « Des zombis ! » songea-t-il avec effroi tandis que les silhouettes s'arrachaient à la surface noire. C'était des boules de matière épaisse et gluante, qui traînaient sur le sol en laissant derrière elles des traces luisantes.

– Tu vas mourir, Shaar-Lun ! tonna Kaylan.

Le jeune homme dévisagea l'Empereur-Mage.

– Père ! C'est moi, votre fils... Je vous en supplie !

Mais Kaylan ne l'écoutait pas. Il tendit de nouveau ses mains aux doigts embrasés.

– Meurs, Shaar-Lun !

– Shaar-Lun ! Shaar-Lun, c'est moi !

La voix de Rialdo lui parvenait déformée. Il lutta pour reprendre ses esprits.

– Rialdo ? Je… je suis…

Il ferma les yeux en prenant conscience de son état. Il était allongé sur le sol, et tous ses membres étaient douloureux.

– Un cauchemar, c'était un cauchemar, balbutia-t-il.

– Oui, renchérit Rialdo. Tu as fait une mauvaise chute au moment de te rétablir sur le col. Nous n'aurions pas dû emprunter ce raccourci. La pente est trop escarpée. Je t'ai retenu par miracle. Tu aurais pu glisser au fond du ravin…

– Tout va bien, mon fils, intervint Sheelba d'une voix douce. D'ici quelques heures, l'Ombre du

Titan s'éloignera, nous pourrons nous débarrasser de ces armures et je te préparerai des remèdes.

Mais Shaar-Lun ne l'écoutait plus. Il fixait l'immensité opaque qui leur voilait le soleil. Il parla d'une voix blanche, comme sous l'effet de la transe :

– Je dois monter au ciel. C'est là que tout se jouera…

– Que la Lune sombre le protège ! gémit Sheelba. Mon fils est devenu fou…

Shaar-Lun battit des cils en revenant à la réalité. Il avait perçu les dernières paroles de sa mère. Il posa la main sur le bras de Sheelba.

– Non, mère : je ne suis pas fou, déclara-t-il. Je dois trouver le moyen de m'élever, d'atteindre le Dragon.

Sheelba, affolée, cherchait le soutien de Rialdo. Le guerrier eut un geste d'incompréhension. Il se pencha au-dessus de Shaar-Lun.

– Tu dois te reposer, murmura-t-il. Tu as subi un choc violent. Les derniers événements…

Mais Shaar-Lun tint bon. Il grimaça de douleur en s'asseyant.

– Vous ne comprenez pas. Je ne divague pas ! J'en suis sûr, répétait-il, c'est là-haut que tout se réglera. Je dois… chevaucher le Dragon et le forcer à nous libérer !

Sitôt ces mots prononcés, il poussa un cri de douleur et fut plaqué au sol par une force mystérieuse.

– Ma gorge ! s'exclama-t-il. Le tatouage !

La marque sombre pulsait sur sa peau. Elle semblait vouloir déchirer les tissus pour se libérer, jaillir de sa prison de chair.

Sheelba porta une main à ses lèvres :

– C'est le Titan ! Il t'a entendu, il refuse de se soumettre !

13

Ils s'accordèrent un temps de repos sur la plate-forme rocheuse qui surplombait le col. De cette hauteur, ils pouvaient voir arriver d'éventuels ennemis. Shaar-Lun défit sa carapace de cuir. Ses cheveux dessinaient sur ses joues un masque de guerre effrayant. Il embrassa du regard la vallée qui s'étendait à ses pieds. D'innombrables ravins s'ouvraient là-bas, en autant de pistes qu'ils devraient suivre pour retrouver les fuyards…

Soudain, il tressaillit. Sous la lumière des étoiles, il venait de distinguer une colonne de personnages minuscules. Tout au fond de la gorge, le convoi longeait le lac aux eaux sombres. Shaar-Lun mit une main en visière et chercha à compter les silhouettes. En vain. Il formula une prière muette pour que

Fawna soit parmi les survivants, puis se retourna vers Rialdo et Sheelba.

– Je les vois ! haleta-t-il. Regardez !

L'impératrice s'approcha de lui et suivit des yeux la direction qu'il indiquait. Rialdo à son tour localisa la file qui serpentait au bord du lac :

– Alors ? Que faisons-nous ?

Sheelba était perdue dans ses pensées.

– Ils semblent nombreux. Ils sont bien armés, et sans pitié. Ils ne reculeront devant rien, s'ils nous repèrent. Nous ne pouvons mettre en danger la vie des otages…

Rialdo pointa du doigt une faille dans la roche.

– Là ! Une arrière-garde !

Quelques silhouettes se dandinaient à l'entrée d'une grotte. Les monstres dansaient d'un pied sur l'autre. Museau relevé, ils humaient l'air.

Shaar-Lun serra les mâchoires :

– Je comprends pourquoi nous les avons rattrapés si facilement ! Ils se sont réfugiés à l'intérieur pour se soustraire à l'Ombre du Dragon. Les prisonniers ont plus de valeur sous forme humaine : le général des Ténèbres ne se satisfera pas de mutants dégénérés. Il veut des femmes et des hommes normaux.

– Dans quel but ? l'interrogea Rialdo.

Shaar-Lun haussa les épaules :

– Je n'en sais rien. Peut-être veut-il en faire des esclaves ? Les humains, contrairement aux mutants, sont dotés d'intelligence. Les créatures de la nuit n'agissent plus que par instinct... Si le général des Ténèbres veut leur confier des tâches d'importance, il les lui faut intacts.

– Il a aussi besoin d'enfants, intervint Sheelba. Sinon, les monstres ne se seraient pas embarrassés d'eux. Ils ralentissent la progression...

Shaar-Lun hocha la tête. Il désigna du menton les créatures laissées en arrière-garde :

– Nos « hôtes », là-bas, apporteront sûrement des réponses à toutes nos interrogations !

Les guerriers des Ténèbres avaient étalé des couvertures sur le sol poudreux. Ils allaient s'enterrer, attendre patiemment leurs proies. Leur piège bien rodé avait déjà surpris Shaar-Lun et ses compagnons...

– Allons-y ! s'écria Rialdo. Prenons-les par surprise, la mort de Vendor et Setis appelle vengeance ! Mon épée a soif !

– Non, ricana Shaar-Lun. Laissons-les faire.

Interloqué, Rialdo le dévisagea.

– Tu renonces à les affronter ? coassa-t-il.

Shaar-Lun secoua la tête et dit d'une voix grinçante :

– Du calme, mon ami. Nous allons les tuer, c'est entendu. Mais pas avant que je ne les aie interrogés.

Sheelba lui jeta un regard de biais. C'était la première fois qu'elle surprenait ce ton chez son fils. Un sentiment étrange s'emparait d'elle. Elle n'aimait pas ce mélange de haine et de froide détermination.

Elle découvrit les flammes qui bondissaient dans ses prunelles…

Quelle était donc la part de ténèbres en lui ?

N'était-il pas en train de basculer, de se tourner vers l'Ombre à son tour ?

Elle exhala un long soupir. Allons ! Elle divaguait. Shaar-Lun était son fils, le dernier Empereur-Mage. Le sang de Kaylan coulait dans ses veines !

– Qu'avez-vous, mère ?

La voix de Shaar-Lun était douce et chaude quand il parlait à Sheelba. Elle lui adressa son plus beau sourire :

– Rien, mon fils. Nous ferons comme tu en as décidé.

Ils agirent vite et bien. Sheelba s'était engagée sur le chemin rocailleux, suivie de près par Rialdo. Portant leurs armures dans de grands sacs, ils avançaient courbés sous la charge.

Ils descendirent au bas de la vallée et longèrent le lac noir sur les traces des fuyards.

Les monstres jaillirent avec des cris gutturaux, brandissant leurs armes.

Sheelba et Rialdo posèrent leurs fardeaux au sol.

Ils attendaient l'attaque.

Sans se méfier, les créatures s'avancèrent. La victoire était trop facile : ces humains se rendaient sans combattre !

Le sifflement des projectiles de feu les figea soudain. Deux des quatre bêtes s'effondrèrent avec des râles d'agonie. Les autres, surprises, roulaient des yeux fous. Elles pivotèrent pour découvrir Shaar-Lun.

Le jeune homme descendait le flanc de la montagne, les mains tendues. Ses yeux étaient révulsés, ses lèvres retroussées en un rictus de haine.

L'un des monstres glapit et tenta de s'échapper, mais le sol granuleux s'effritait sous ses pieds. Il perdit l'équilibre et roula au bas de la pente. Rialdo fut sur lui en quelques enjambées. Il posa la pointe de sa lame sur la gorge de la créature :

– Ne bouge pas ou je te crève comme une outre !

Rialdo était très pâle. Il brûlait d'en finir. Son adversaire lâcha son arme et n'émit qu'un gargouillis.

Plus haut, le dernier guerrier des ténèbres avait lui aussi renoncé à se battre. Il implorait la pitié de Shaar-Lun.

Celui-ci ne prêtait aucune attention aux supplications du monstre. Il l'écarta d'un coup de pied et ramassa son épieu.

– Nous allons rejoindre les autres, dit-il sèchement.

Quand ils furent tous réunis au bord du lac, Shaar-Lun prit une profonde inspiration :

– Bien. Le temps presse. Je ne vous accorderai pas la moindre pitié : vous vous êtes introduits dans notre refuge, vous avez massacré les miens.

– Nous n'avons fait qu'obéir aux ordres, lâcha l'un des monstres.

Sa voix avait des accents rocailleux. Ses cordes vocales peinaient à reproduire les sons humains. Il foudroyait Shaar-Lun du regard et bombait le torse en une pose de défi.

Rialdo se tourna vers lui :

– Les ordres étaient-ils de tout brûler, de tuer les enfants ?

La bête cracha sur le sol :

– Nous régnons sur ce monde. Nous sommes les serviteurs du Titan, qui nous a bénis de son aura bienfaitrice ! Tant qu'il restera un seul d'entre vous, vous serez pourchassés !

Perdant tout contrôle, Rialdo le gifla. Le monstre se redressa aussitôt en ricanant :

– Vous avez perdu la guerre, et vous le savez. Vous pouvez nous tuer tous les deux, rien ne changera. D'autres frères viendront, ils vous retrouveront. Vous succomberez sous le nombre.

Rialdo leva de nouveau la main pour frapper, mais Sheelba intervint.

– Inutile, dit-elle avec fermeté. Il ne parlera pas. Mais il existe d'autres moyens…

Elle se tourna vers le second prisonnier. Ce dernier n'en menait pas large. Il reniflait nerveusement et roulait des yeux fous vers les eaux sombres.

– Tu parais plus enclin à nous renseigner, murmura-t-elle.

Le monstre la dévisagea et ouvrit la bouche.

– Orsach ! hurla son compagnon. Ne dis rien ! Tu connais le sort réservé aux traîtres par le général !

Aussitôt, le monstre baissa la tête. Il se mura dans le silence.

Sheelba soupira.

– Soit, déclara-t-elle finalement. Puisque vous m'y contraignez…

Elle leva les mains vers le ciel et prononça quelques paroles à voix basse.

Rialdo interrogea Shaar-Lun du regard.

– Un sort de persuasion, lâcha simplement le jeune homme avec un sourire en coin.

À ces mots, l'une des créatures bondit sur ses pieds.

– Non ! hurla-t-elle. Vous ne me ferez pas parler !

Le monstre fit un bond de côté, évitant Rialdo qui cherchait à le ceinturer ; puis il plongea dans le lac sous les yeux éberlués du guerrier.

– Je… je n'ai rien pu faire, balbutia Rialdo.

Shaar-Lun, vif comme l'éclair, s'agenouilla auprès de l'autre prisonnier. Il dégaina son poignard et l'appuya sur la gorge de la bête.

– Ne t'avise pas de tenter la même chose, siffla-t-il. Je ne t'en laisserai pas l'occasion. Je te conseille de parler au plus vite : je n'ai pas la patience de ma mère, et mes méthodes sont beaucoup plus expéditives. Tu souffriras, et tu m'imploreras de t'achever !

Sa voix était comme un grondement sourd. Il accentua la pression de sa lame sur la peau du monstre.

Celui-ci hésitait encore, mais sa respiration lourde et saccadée trahissait sa terreur.

– Alors ?

Rialdo, qui était resté en arrière avec le mutant quand Sheelba et Shaar-Lun avaient repris la route, se contenta de hocher la tête. Le temps leur était compté. Il passa près de l'impératrice qui dardait sur lui un regard scrutateur.

– Il n'a pas souffert, souffla-t-il.

Sheelba acquiesça. Ces méthodes lui déplaisaient, mais elle savait qu'il était impensable de laisser derrière eux un ennemi vivant : les montagnes pullulaient de créatures des ténèbres.

Abandonner leur prisonnier, c'était courir le risque de se voir suivis par des cohortes de monstres avides de sang. La traversée des montagnes brumeuses leur réclamait trop d'attention pour qu'ils puissent surveiller efficacement leurs arrières. Ils seraient à la merci d'une attaque…

Ils repartirent à marche forcée. Shaar-Lun, comme à son habitude, ouvrait la voie.

Le jeune homme était taciturne. Une question revenait le hanter : Fawna était-elle encore en vie ? Comptait-elle au nombre des esclaves emmenés par les soldats des ténèbres ou était-elle tombée sous leurs coups dans la grotte ?

Il rejetait de toutes ses forces l'idée qu'elle avait été réduite à un de ces corps calcinés. Non, ce n'était pas possible ! Il avait perdu trop d'êtres chers en si peu de temps…

Il invoquait en silence la Lune sombre. « Sauvez-la, faites qu'elle soit là-bas, permettez-moi de la revoir, répétait-il inlassablement. Si vous me l'accordez, je ferai don de ma vie pour les miens, j'irai jusqu'au bout… J'en fais le serment… »

Ils rejoignirent les fuyards après de longues heures d'une course-poursuite harassante. Les monstres s'étaient arrêtés au haut d'un col.

Ils avaient réuni leurs esclaves, enchaînés, au pied d'une paroi rocheuse. Les malheureux étaient prostrés, les uns contre les autres. Ils levaient la tête en psalmodiant, implorant la Lune sombre.

Shaar-Lun et Rialdo s'étaient approchés en rampant sans être repérés, attentifs aux éclats de voix des monstres.

Ceux-ci riaient à gorge déployée en considérant leurs otages. Ils tournaient autour d'eux, leur décochant parfois de violents coups de pied.

Les prisonniers ne réagissaient pas. Ils restaient fascinés par le ciel aux étoiles pâlissantes.

Rialdo releva la tête et blêmit. Il pointait l'horizon du doigt.

Shaar-Lun observa à son tour la cime des montagnes. Il étouffa un juron en saisissant l'horreur de la situation. Les crêtes s'étaient ourlées de rose.

Le Dragon approchait !

Il comprit la terreur des captifs : bientôt, le Titan survolerait le col, et les malheureux n'avaient pas d'armure !

L'Ombre du Dragon allait s'étendre au-dessus d'eux.

Alors, ils seraient tous pervertis.

Shaar-Lun reporta son attention sur les prisonniers. Il les dévisagea un à un et gémit.

Fawna était là. Elle tenait un enfant dans ses bras, s'appliquant à le rassurer. Le petit pleurait, la tête sur son épaule.

D'un signe, Shaar-Lun ordonna le repli.

Ils rejoignirent Sheelba et la mirent au courant en quelques mots.

L'impératrice réagit avec calme. Elle resta silencieuse un moment, perdue dans ses pensées.

– Il faut agir immédiatement, déclara-t-elle enfin. Voilà ce que nous allons faire.

14

Orkash somnolait au sommet de son piton rocheux. Sa tête était lourde, elle dodelinait parfois et il sursautait. Il grogna un juron, et se passa la main sur le visage. Quelle mouche avait piqué le chef pour qu'il l'assigne à la garde du campement ? Qu'avaient donc à craindre les troupes du Mal ? Elles régnaient sur toutes les montagnes depuis l'avènement du Titan ! Les humains n'étaient plus qu'une poignée ! Leurs survivants étaient des esclaves, qu'on allait offrir à l'Ombre du Dragon ! Bientôt, il n'en resterait plus aucun : les mutants régneraient en maîtres sur la planète…

Orkash émit un ricanement satisfait. Il cracha sur le sol et s'ébroua. Oui, vraiment : il ne servait à rien de surveiller les abords du campement. Aucun humain ne serait assez fou pour s'aventurer dans les parages tandis qu'approchait l'Ombre. Les derniers survivants se terraient dans quelque trou de rat, pleurant telles des femelles Arkus, priant leur Lune sombre. Ah ! Elles seraient belles, les traques de ces ultimes proies affolées !

Orkash ferma les yeux et prit une profonde inspiration. Il s'imaginait courant après des humains vêtus de guenilles ; il sentait presque leur parfum. Il adorait cette sueur âcre qui les couvrait quand la terreur rongeait leurs entrailles. Il se délectait de leurs yeux fous, du goût de leur chair…

Soudain, il hoqueta et porta la main à sa gorge. Hébété, il sentit le flot de sang qui en jaillissait.

Il fit volte-face et découvrit l'homme qui se tenait devant lui, un fin poignard à la main. Rialdo posa un doigt sur ses lèvres :

– Chut ! Inutile de t'énerver, tu ne peux plus parler. Profite de tes derniers instants : tu es bientôt mort…

Orkash voulut crier, alerter les siens. Mais le sang gargouillait sur son cou, et il en fut incapable. Il comprit que le guerrier n'avait pas menti. Sa vue se brouillait déjà. Il lança ses griffes en avant, mais ne rencontra que le vide. Ses jambes se dérobèrent sous lui, et ce fut le silence.

Au campement, les mutants dansaient. Ils hurlaient leur joie sauvage, mains tendues vers le ciel qui s'assombrissait peu à peu. Les étoiles pâlissaient. Le Dragon arrivait ! Serkash, le shaman de la tribu, s'approcha des humains amassés au pied du rocher.

– Bientôt, l'Ombre purificatrice vous enveloppera ! aboya-t-il.

Un frisson d'horreur parcourut les rangs des prisonniers. Serkash savoura cet instant. Rien ne le contentait plus que la terreur qu'il inspirait à ses ennemis. Il s'avança encore et les dévisagea un à un. Il aimait leurs masques de douleur, cette angoisse qui creusait leurs traits.

– Vous devriez vous réjouir, tonna-t-il. Vous auriez pu mourir, égorgés comme des bêtes au fond de votre grotte ! Au lieu de cela, notre général vous offre le plus fabuleux des présents : il vous accorde le droit de nous rejoindre. Quand l'Ombre du Dragon vous aura lavés de votre pourriture, vous vous transformerez. Votre peau trop pâle, trop fragile, se muera en cuir.

Il levait les bras, poings serrés. Les malheureux otages baissaient la tête et gémissaient. Les hommes priaient, cherchant auprès de la Lune sombre un dernier réconfort avant leur supplice…

Serkash explosa :

– Ainsi, vous aurez refusé jusqu'au bout la bénédiction du Titan ! Pouah ! Vous ne méritez pas la pitié de notre général, vous n'êtes pas dignes de ce cadeau divin !

Ses yeux s'attardèrent sur une des otages, qui soutint son regard. La jeune femme serrait dans ses bras un enfant exténué, plongé dans un sommeil hébété. Serkash esquissa une moue gourmande, dévoilant deux rangées de crocs :

– Tu sembles ne pas apprécier mon discours, la belle.

La jeune femme dardait sur lui un regard meurtrier.

– Tu n'es qu'un monstre, siffla-t-elle, une pauvre créature soumise au Dragon. Un pantin inféodé aux troupes du Mal, un sinistre valet de ton général !

Serkash s'emporta. La colère tordait sa gueule. Il traversa les rangs des prisonniers, qui s'écartèrent sur son passage. Il saisit la jeune femme aux cheveux, lui arrachant une plainte douloureuse. Elle posa l'enfant sur le sol et se releva d'un bond.

– Tu vas me supplier de t'accorder une mort rapide, gronda Serkash, furieux.

Pour toute réponse, la jeune femme lui cracha au visage.

Le shaman resta interdit un instant ; puis un hurlement de rage monta dans sa gorge. Le regard fou, il brandit son poignard sacrificiel.

– Assez !

La voix avait claqué dans son dos. Des cris de stupeur retentissaient tout autour : fascinés par l'affrontement, les mutants avaient cessé toute surveillance.

Serkash se retourna lentement. Il feula de colère en découvrant la silhouette de l'impératrice.

Sheelba se tenait seule au milieu du campement. Elle s'appuyait sur un bâton de marche et portait un sac de toile. Elle laissa glisser son fardeau sur le sol. Aucun mutant n'avait esquissé un mouvement. Pétrifiés, les monstres attendaient un ordre de leur chef. Ce dernier, après une hésitation, se reprit. Il leva les bras au ciel :

– Loué soit le Titan ! L'impératrice elle-même nous a rejoints.

Il passa nerveusement la langue sur ses lèvres et s'avança vers elle :

– Sans doute as-tu réfléchi. Tu sais à quel point ton existence serait difficile, seule dans les montagnes. Tu n'aurais pas pu nous échapper longtemps. Quand l'Ombre du Dragon t'aura enveloppée, tu seras des nôtres. Allons, place-toi avec les tiens contre la paroi !

Mais Sheelba restait impassible. Elle embrassa tout le plateau du regard.

– Une vingtaine de tueurs, fit-elle doucement. Je vous croyais plus nombreux.

– Les autres sont partis rejoindre les troupes, de l'autre côté des montagnes. Nos armées réunissent plusieurs milliers de combattants. Nous sommes un poste avancé…

Serkash s'interrompit soudain. Quelle folie le prenait ? Pourquoi donnait-il tant d'explications à cette femelle humaine ? Il ordonna sèchement :

– Allons, femme, file à ta place avec les autres !

Sheelba ne lui accordait pas la plus petite attention. Elle laissait son regard dériver sur les crêtes. L'ourlet rose du soleil avait disparu. L'Ombre maléfique l'avait engloutie. Elle progressait maintenant à vive allure, noyant les montagnes brumeuses dans les ténèbres.

– Il nous reste si peu de temps, murmura Sheelba.

Serkash fronça les sourcils :

– Quoi ?

Il la considéra, perplexe, et finit par éclater d'un rire tonitruant :

– L'impératrice a raison ! D'ici quelques instants, elle aura oublié sa condition d'humaine !

Il s'étrangla. Sheelba avait posé sur lui ses yeux clairs :

– Peut-être as-tu raison, Serkash. Mais tu ne seras pas là pour le voir…

Un sifflement ponctua les paroles de la souveraine.

Serkash écarquilla les yeux et considéra, ahuri, la flèche qui dépassait de son torse. Il releva la tête et grimaça :

– Qu'est-ce que…

Il n'acheva pas sa phrase. Un second trait l'atteignit à la nuque, l'envoyant rouler dans la poussière. Rialdo apparut, l'arc de nouveau bandé. Il tira au jugé, transperçant un autre monstre.

Shaar-Lun bondit aussitôt en poussant un farouche cri de guerre. Il se jeta vers un groupe de mutants éberlués et profita de l'effet de surprise pour abattre deux adversaires.

Ce fut le signal de la ruée. Les monstres, après un moment de stupeur, réagirent avec violence. Ils s'emparèrent de leurs épieux et se précipitèrent vers les deux guerriers. Dos à dos, Rialdo et Shaar-Lun les affrontaient crânement.

Les coups volaient en tout sens, les lames sifflaient, les épieux ricochaient sur les armures. Des cris s'élevaient, des monstres tombaient…

La clameur couvrit les bruits du combat, pétrifiant les mutants.

Sheelba avait libéré les otages. Tous les adultes valides s'étaient jetés à leur tour dans la mêlée.

Ce fut un carnage effrayant.

Les monstres périrent comme ils avaient vécu, avec sauvagerie et violence.

À l'issue de l'affrontement, Shaar-Lun se dressait au milieu d'une multitude de corps. Son armure était couverte du sang des créatures.

– Sheelba ! appelait-il. Sheelba !

– Je suis là, mon fils !

L'impératrice était saine et sauve. Elle le prit dans ses bras :

– Nous avons vaincu, mon enfant, grâce à toi et à ton ami.

Rialdo les rejoignait. Fawna était à ses côtés. Elle souleva le casque de Shaar-Lun et déposa un baiser sur ses lèvres :

– Tu es vivant ! J'ai tant prié la Lune sombre…

Des larmes de joie roulaient sur ses joues. Autour d'eux s'élevait un tonnerre de vivats saluant la victoire. Les hommes se congratulaient, les femmes serraient les enfants dans leurs bras, n'osant pas croire que la terrible malédiction les avait épargnés.

La gorge serrée par l'émotion, Shaar-Lun retrouva ses esprits. Le temps pressait !

Il hurla pour couvrir le brouhaha :

– Rassemblez vos affaires, vite ! Le Titan arrive !

La suite ne fut qu'une course éperdue. Les survivants s'étaient lancés dans la pente. Ils trébuchaient, hors d'haleine, roulaient sur le sol, se meurtrissaient cruellement sur les pierres du sentier. Shaar-Lun ouvrait la voie, courant et bondissant par-dessus les obstacles, à la recherche d'un abri.

Derrière eux, l'Ombre du Dragon s'étendait, vague obscure porteuse de mort. Elle dévorait les montagnes, engloutissait tout sur son passage.

Enfin, Shaar-Lun aperçut une faille dans la paroi. Il s'y rua, priant pour que la grotte soit assez étendue pour tous les accueillir.

Il s'arrêta sur le seuil et aida les premiers arrivants à y pénétrer.

– Vite ! s'époumonait-il. Vite ! À couvert !

Les fugitifs étaient comme des naufragés perdus dans la tempête. Ils s'élançaient, la bouche grande ouverte, vers ce puits salutaire qui s'ouvrait devant eux. Las ! L'Ombre rattrapa les derniers, qui hurlèrent sous sa morsure. Sheelba s'arrêta au côté de son fils et contempla les malheureux qui se contorsionnaient dans les ténèbres. Shaar-Lun saisit la souveraine par le bras et l'obligea à entrer dans la caverne.

Puis il repartit sur le chemin pour sauver ceux qui pouvaient encore l'être.

Son caparaçon de cuir le protégeait du rayonnement néfaste mais il gênait considérablement ses mouvements.

Il parvint trop tard auprès des retardataires. L'Ombre avait déjà agi. Certains d'entre eux n'étaient déjà plus humains : ils gisaient sur le sol, créatures difformes, levant des gueules menaçantes. D'autres luttaient encore, refusant la transformation abominable. Ils suppliaient Shaar-Lun de mettre fin à leurs jours, avant de perdre conscience.

Le jeune homme hésitait, en proie à la plus totale confusion. Mais l'un des mutants se jeta à sa gorge avec un cri de haine, et le jeune homme dut faire usage de son arme.

Il se replia sans plus attendre, mortifié de n'avoir pas pu sauver les malheureux. Il atteignit la grotte, à l'entrée de laquelle Rialdo attendait, l'épée à la main.

– Ils fuient, constata amèrement le guerrier.

Shaar-Lun n'eut pas le courage de se retourner. Il imaginait sans peine les silhouettes grotesques de ces hommes et ces femmes contaminés par l'Ombre du Titan. Il devinait leurs mouvements, leurs grognements, tandis qu'ils rejoignaient les ténèbres…

Un sentiment d'abattement le submergea et il ne put retenir ses larmes. Rialdo lui donna une accolade fraternelle.

– Sheelba est sauve, souffla-t-il. Et Fawna t'attend. Vois les autres : ils auraient pu périr, mais ils sont là, vivants…

Shaar-Lun acquiesça en silence.

Sheelba avait disposé quelques pierres de lumière. La caverne était inondée d'un halo chaleureux. On consolait les plus jeunes, on pansait les blessures… Le cœur gros, Shaar-Lun rejoignit Fawna.

Au passage, il vit les regards reconnaissants de ses compagnons, sans parvenir à en tirer réconfort.

Que restait-il de son peuple ? La tribu se réduisait à quelques adultes brisés par le chagrin et des enfants épouvantés.

Les mots d'un des mutants lui revinrent en mémoire : « Tant qu'il restera un seul d'entre vous, vous serez pourchassés ! »

Shaar-Lun soupira. Il était épuisé. Chaque muscle de son corps le faisait souffrir. Il avait la tête lourde, les tempes bourdonnantes…

Et il lui semblait entendre la voix de la créature ricocher contre les parois de la grotte : « Vous serez pourchassés ! »

C'était plus qu'une menace.

Ces mots sonnaient comme une promesse funeste…

15

Shaar-Lun enlaça Fawna sans un mot. Les deux jeunes gens étaient épuisés. Ils n'osaient pas rompre le silence de peur de voir rejaillir les images abominables qui les avaient hantés ces dernières heures. Elle déposa un baiser délicat au coin de ses lèvres et l'attira contre son sein. Il soupira de bonheur.

Fawna était vivante. Ils étaient à l'abri. On verrait bien demain…

Il se mordit les lèvres : Demain ? Il y avait des années qu'on n'avait pas vu le jour autrement que comme cette apparition fugace qui soulignait la silhouette du Dragon ! Il grogna à cette seule évocation.

– Shaar-Lun ? s'inquiéta Fawna. Tu es blessé ?

– Non, je… je suis à bout de forces, et nous avons encore tant à faire !

– Plus tard, mon amour. Repose-toi.

Le jeune homme plongea ses yeux dans le regard clair de sa compagne. Il aurait voulu arrêter le temps, se blottir contre elle et ne plus bouger… Elle lui murmura des mots de réconfort en caressant ses cheveux, et Shaar-Lun sombra dans un sommeil profond, vaincu par l'émotion et la fatigue.

– Je suis là, murmura-t-elle. Avec toi.

Le repos de Shaar-Lun était agité. Des cauchemars récurrents le harcelaient, dans lesquels son père surgissait du lac noir, le corps poisseux de ce liquide épais et malodorant. Tel un gladiateur aux muscles huilés, il se dressait devant le jeune homme, l'arme à la main. « Ainsi, déclarait-il d'une voix grinçante, tu cherches à usurper mon trône ? Tu penses pouvoir régner à ma place et diriger ce monde ? Mais la terre appartient au Dragon, Shaar-Lun ! Rien ne sert de poursuivre ce combat perdu d'avance ! Les hommes comme toi incarnent le passé… »

Il avançait, l'arme haute, et Shaar-Lun restait paralysé devant cette vision d'horreur. Kaylan avait muté. Son rictus effrayant dévoilait plusieurs rangées de crocs démesurés.

– Je vais te délivrer ! vociférait-il. Je vais te tuer, et tu renaîtras parmi nous ! Gloire au Titan !

Shaar-Lun suppliait son père de revenir à la raison, mais l'Empereur-Mage restait insensible. Avec un cri inhumain, il abattait sa lame sur le jeune homme, qui hurlait à son tour, tandis que Kaylan le transperçait de son glaive. Shaar-Lun se raidissait et s'éveillait en sursaut, les cheveux plaqués au visage par un voile de sueur glacée.

Fawna, chaque fois, lui caressait le front et lui prodiguait des paroles d'apaisement, comme on le faisait pour les enfants terrorisés dans le noir…

Il replongeait alors dans son hébétude comateuse, craignant de voir ressurgir le spectre de ce père aimé qui se muait en bête féroce…

Au bout de plusieurs heures de délire, le visage de Arh'En Dal apparut à Shaar-Lun. Le vieil homme semblait reposé. Il affichait une expression de sérénité, mais Shaar-Lun ne le distinguait qu'à travers un rideau de brume. La voix du grand prêtre lui parvenait en écho distant, comme du fond d'un puits. « Shaar-Lun ! disait-elle. C'est moi ! Le dernier cadeau du Dragon est le plus fabuleux : cette fois, je suis immortel ! »

Shaar-Lun sourit dans son sommeil :

– Arh'En Dal ! Mon vieil ami ! Parle-moi, ne me laisse pas !

Le grand prêtre poursuivit :

– J'ai vu ton avenir, Shaar-Lun. Je ne m'étais pas trompé : tu es bien celui que j'espérais. Tu vas t'élever dans le ciel, mon enfant ! Tu sauveras ton peuple !

Shaar-Lun hésitait. Une autre voix cherchait à se faire entendre, à la lisière de son esprit. *Quelque chose n'allait pas*…

Il parlait à un mort, il en avait conscience. « Ne l'écoute pas, disait la voix. C'est du délire : Arh'En Dal est mort ! C'est une ruse, un complot fomenté par les puissances du Mal. Tu cours à ta perte ! »

Shaar-Lun se savait au bord de la démence. Son cerveau tourmenté lui jouait des tours. Il aurait voulu chasser ces apparitions d'un geste de la main. Mais les voix se faisaient impérieuses. Elles luttaient pour la possession de son esprit, et Shaar-Lun ne se sentait plus la force de leur résister.

« Le vieux fou t'a ensorcelé, criait l'une. Il s'est sacrifié pour des histoires imaginées par un illuminé : tous ces contes n'ont aucun sens. On ne peut s'opposer au Titan ! Un mortel ne peut défier un dieu ! »

« Tu dois croire en toi, mon fils, reprenait Arh'En Dal. Tu as côtoyé le Dragon, il t'a marqué, t'a reconnu ! Tu possèdes le pouvoir ! »

Shaar-Lun gémissait, incapable de réagir. Il errait au-dessus d'un abîme sans fond. Il craignait d'y tomber, de sombrer dans la folie…

Arh'En Dal parut déchirer le rideau de brouillard. Il se dressa devant lui, et son regard était empreint de force : « Crois-moi, mon enfant. Tu vaincras la malédiction. Toi seul le peux… Sheelba t'indiquera la voie. »

Shaar-Lun aurait voulu retenir le vieil homme, mais Arh'En Dal fut de nouveau happé par la brume. Le grand prêtre ne se débattait pas, il acceptait son départ. Il souriait, confiant, et plongeait son regard sombre dans celui du jeune homme.

Shaar-Lun ne perçut pas ses derniers mots, mais il crut lire sur ses lèvres : « Aie confiance. »

Il s'éveilla curieusement apaisé. Une force nouvelle l'habitait.

Fawna lui adressa un sourire soucieux :

– T'es-tu un peu reposé ? Tu semblais si nerveux…

Il posa sa main sur la sienne en un geste tendre :

– J'ai fait un rêve étrange.

Il s'interrompit, perdu dans ses pensées. Les images lui revenaient en force.

– Ne t'inquiète pas, lui glissa-t-il. Même si ce n'était qu'un rêve, il était beau…

Il se leva et se mit à arpenter la caverne.

Les occupants, abattus, faisaient grise mine. L'euphorie de leur libération avait été de courte durée. Elle avait cédé la place à la douleur de la perte d'êtres chers et l'angoisse leur tenaillait le ventre.

Des enfants réclamaient leurs parents, quémandant une présence qu'on ne pouvait plus leur offrir…

Shaar-Lun prit dans ses bras une petite fille au visage barbouillé de crasse. Les larmes avaient creusé des sillons dans la poussière.

– Comment t'appelles-tu ?

L'enfant hésitait à répondre. Les lèvres agitées de tremblements, elle paraissait sur le point de pleurer.

– Cymael, balbutia-t-elle.

Shaar-Lun s'émut :

– Tu es bien jolie, Cymael.

Il s'efforça de lui arracher des sourires avec force chatouilles et grimaces. L'enfant finit par laisser fuser un rire cristallin, qui résonna dans la grotte, apportant un peu de chaleur aux cœurs des survivants.

Une femme se leva et vint s'occuper à son tour de Cymael.

Shaar-Lun se dirigea vers l'entrée de la caverne. Rialdo y montait la garde, allongé sur la pierre en compagnie de trois solides gaillards à la mine farouche. Le guerrier avait les traits tirés ; de profonds cernes soulignaient ses yeux rougis.

– Tu n'as pas dormi, remarqua Shaar-Lun. Laisse-moi te remplacer.

Rialdo hocha la tête, reconnaissant :

– Ce n'est pas de refus. Je n'en pouvais plus.

Il se releva avec difficulté et s'éloigna en titubant.

Shaar-Lun assura quelques heures de surveillance, pendant lesquelles il crut distinguer des formes inquiétantes qui rôdaient à quelques centaines de mètres en contrebas. Des mutants erraient sur les versants des montagnes, des esseulés fraîchement pervertis, qui n'avaient pas encore été enrôlés dans les armées des Ténèbres… Ils progressaient courbés, relevant fréquemment la gueule pour humer l'air, cherchant la piste de proies faciles.

Certains d'entre eux entreprirent la pénible ascension vers la caverne. Shaar-Lun et ses hommes firent rouler quelques grosses pierres à l'extérieur, qui dévalaient la pente en déclenchant des avalanches de cailloux tranchants. Les monstres s'enfuirent en glapissant et ne cherchèrent plus à revenir.

Lorsque l'Ombre du Dragon disparut derrière les montagnes et que de nouveau les étoiles illuminèrent le firmament, Shaar-Lun se détendit.

D'autres guerriers arrivaient pour leur tour de garde.

Le jeune homme retourna au fond de la grotte, où Sheelba et quelques femmes partageaient les maigres provisions.

– Il faudra bientôt chasser, dit l'impératrice. Nous ne tiendrons pas longtemps.

Shaar-Lun grimaça. Il connaissait les risques encourus à chaque nouvelle sortie. Le gibier se faisait rare : sous l'effet dévastateur de l'Ombre du Dragon, peu d'espèces animales restaient comestibles. Et les plantes dont les survivants avaient appris à se rassasier ne poussaient qu'au fond de souterrains occupés par des mutants belliqueux… Les expéditions coûtaient cher en vies humaines, et s'avéraient peu fructueuses. En quittant ses grottes, la tribu avait perdu plus qu'un abri : elle avait aussi perdu une manne quasi inépuisable. Faudrait-il y retourner et reconquérir l'endroit de haute lutte, en chasser les nouveaux occupants qui n'avaient pas dû manquer de s'y installer ? Ne trouverait-on pas ailleurs un endroit similaire ? À présent que les grottes étaient localisées, on augmentait les risques d'une attaque en règle…

Shaar-Lun porta la main à son front fébrile. Tant de questions resteraient sans réponse ! Il exhala un long soupir et prit place au côté de l'impératrice.

Sheelba avait réuni autour d'elle les guerriers encore valides. Il y avait là Rialdo et Fawna, ainsi qu'une dizaine d'hommes et autant de femmes. Tous l'écoutaient avec gravité.

– Les forces des Ténèbres gagnent un peu plus de terrain à chaque heure qui passe. Elles ont juré notre perte. En nous chassant de notre refuge, elles ont frappé un grand coup… Mais nous ne sommes peut-être pas les seuls survivants. Il existe sans doute d'autres villes, au-delà des crêtes.

– Elles ont sûrement été détruites, comme Selenæ, avança une jeune femme aux joues creuses.

– C'est possible, admit Sheelba. Mais alors, des rescapés se seraient regroupés, comme nous l'avons fait. Je ne peux pas croire que nous soyons les derniers représentants de notre espèce sur cette terre.

Shaar-Lun demeurait silencieux. Il observait ses compagnons. Leurs visages gris, leurs yeux cernés trahissaient une lassitude extrême. Ils étaient réduits à l'état de bêtes traquées, condamnés à fuir jusqu'à la mort…

Fawna prit la parole, interrompant le cours de ses rêveries :

– Souvenez-vous : quand ils nous ont rassemblés au pied de la paroi en attendant l'Ombre du Dragon, certains de nos geôliers parlaient au shaman. Ils évoquaient une ultime razzia…

– Une invasion ? intervint Shaar-Lun. C'est impossible ! Pourquoi déclencher une offensive d'envergure ? Nous ne sommes qu'une poignée…

Il se mordit la langue en avisant les mines défaites de ses compagnons. « Imbécile ! se reprocha-t-il. Quel besoin avais-tu de leur rappeler cela ? »

Sheelba leva la main :

– Si les troupes du Mal font route vers les montagnes, c'est que les humains y vivent encore en nombre.

– Oui, acquiesça un des guerriers. Moi aussi, j'ai entendu le shaman déclarer qu'une attaque massive se préparait. Il disait que l'Ombre du Dragon les porterait vers la victoire et qu'à l'issue de la bataille, plus un humain ne survivrait...

Sa voix se brouilla. Autour de lui, tous baissèrent la tête. La tribu vivait ses dernières heures. Shaar-Lun lui-même était sur le point de se laisser gagner par le désespoir.

Soudain, il s'ébroua et releva la tête, une expression de triomphe dans le regard :

– Eh bien, il suffit de tous les détruire !

Un frisson de stupeur parcourut l'assemblée. Interloqué, Rialdo dévisagea le jeune homme :

– Tu as conscience de l'énormité de tes propos ?

Mais une voix s'éleva des rangs des rebelles :

– Il a raison ! Cette fois, c'en est trop ! Nous ne pouvons continuer à vivre ainsi, en fuyant toujours plus loin !

Rialdo eut un rire aigre :

– Ah oui ? Et comment ferez-vous ?

Shaar-Lun se tourna vers Sheelba, qui encouragea son fils du regard. Il hocha la tête et s'adressa aux guerriers avec force :

– Je vais chevaucher le Dragon !

Sheelba hoqueta de surprise. Ses compagnons étouffaient des cris de stupeur. Ils fixaient Shaar-Lun, les yeux écarquillés : le jeune homme délirait !

Mais Shaar-Lun souriait. Il se releva et regarda tranquillement le groupe assis devant lui.

– Je vais chevaucher le Titan, martela-t-il. Je vais le soumettre à ma volonté. Arh'En Dal l'a prédit : je sauverai cette terre !

Il tressaillit brusquement, et ses yeux se révulsèrent. Il n'eut que le temps de porter les mains à son front avant de s'évanouir.

Sheelba fut aussitôt près de lui. Le jeune homme était secoué de terribles convulsions. Il bavait et se tordait en tous sens.

– Des linges ! s'écria-t-elle. Vite ! Il va avaler sa langue !

Shaar-Lun étouffait. Rialdo s'agenouilla derrière lui, le saisit aux épaules et le redressa, tandis que Sheelba lui ouvrait la bouche. Au bout de quelques instants, ils parvinrent à apaiser le jeune homme.

On lui humecta le visage et on l'allongea sur une couverture. Sa peau avait bleui, on l'eût dit roué de coups…

– Sans toi, murmura Sheelba à Rialdo, j'aurais aussi perdu mon…

Elle se tut. Rialdo respecta sa détresse et se détourna. Il laissa l'impératrice en compagnie de Fawna.

Les hommes s'étaient réunis à l'opposé de la grotte.

La mine défaite, ils discutaient à voix basse, avec des airs de conspirateurs.

– On ne peut pas proférer de telles menaces à l'égard du Titan ! disaient certains.

– Le Dragon est un être divin…, ajoutaient d'autres. Shaar-Lun blasphème !

– Peut-être nous oubliera-t-il, renchérissaient les derniers. Il suffit de nous terrer, de ne plus nous manifester…

– Taisez-vous ! tonna Rialdo. Comment osez-vous parler ainsi du fils de nos souverains ? Respectez au moins l'esprit de Arh'En Dal ! Le grand prêtre a donné sa vie pour lire la prophétie : je l'ai entendue, moi aussi !

Ses compagnons levèrent sur lui des visages stupéfaits. Rialdo lutta pour retrouver son calme.

– Puisse la Lune sombre nous venir en aide, conclut-il d'une voix sourde. Nous devons faire front commun !

Son ton était sans appel. Les hommes se séparèrent en maugréant.

Rialdo resta seul, une boule d'angoisse dans la gorge. « Ils ont raison, songeait-il. Shaar-Lun ne réalise pas ce qu'il dit… Nul ne peut défier le Titan. »

Mais les deux jeunes gens étaient amis, ils avaient bravé maints dangers ensemble. Et Rialdo suivrait Shaar-Lun jusqu'aux fonds des Enfers s'il le lui demandait…

16

Shaar-Lun s'éveilla en transe. Il suait abondamment et claquait des dents. Il se sentait à la dérive, aux portes de la folie, mais sa décision était prise : il allait affronter le Titan. Sur sa gorge, le tatouage brillait à présent. On eût dit que la silhouette sombre était animée. Elle semblait sur le point de s'arracher de sa chair pour s'élancer dans les airs !

Il regarda gravement sa mère, penchée sur lui.

– Je sais que ce choix vous paraît fou, dit-il d'une voix blanche. Mais je ne peux faire autrement. La prophétie doit s'accomplir !

Sheelba le prit dans ses bras. L'impératrice ne savait plus quelle attitude adopter : son fils avait sombré dans la démence ! Les derniers événements l'avaient profondément bouleversé, et le malheureux ne savait plus ce qu'il disait…

– Nul ne peut voler, mon fils, dit-elle avec douceur. Je connaissais autrefois des sorts permettant de léviter, mais ils ne duraient jamais, et réclamaient une débauche d'énergie que je serais incapable d'assumer aujourd'hui.

– Ta mère a raison, souffla Fawna. Seul le Dragon peut s'élever dans le ciel de Selenæ. C'est une créature divine, contre laquelle on ne peut rien !

Excédé, Shaar-Lun se dégagea avec brusquerie.

– Vous ne comprenez pas ! s'écria-t-il. Je dois le faire *! Arh'En Dal est venu me voir*, il me l'a affirmé ! Je suis l'Élu !

Il martelait ses mots comme pour s'en persuader. Sheelba étouffa une plainte rauque. Cette fois, le doute n'était plus permis : son fils avait perdu la raison.

Elle chercha le soutien de Fawna, mais la jeune femme lui adressa un signe d'impuissance.

Shaar-Lun surprit leur pantomime. Il se calma et redevint grave :

– Soit. Puisqu'il en est ainsi, j'irai seul ! Arh'En Dal ne se sera pas sacrifié en vain !

Il hésita un instant avant de poursuivre d'une voix étranglée :

– Et mon père non plus…

Il se leva et partit récupérer son armure.

Sheelba était effondrée. Fawna partageait sa détresse.

– Je le connais, sanglotait l'impératrice. Il est comme son père : il ne renoncera pas ! À la prochaine Ombre, je les aurai perdus tous les deux…

Fawna s'agenouilla auprès d'elle.

– Je vais l'accompagner, Majesté. Je parviendrai peut-être à le raisonner…

Sheelba secoua la tête :

– Non, rien ne le fera changer d'avis. Que la Lune sombre veille sur lui !

Elle lança un regard éperdu vers Shaar-Lun.

Le visage fermé, il s'équipait avec soin, ajustant les éléments de son armure. Rialdo le rejoignit.

– Je viens avec toi, dit-il simplement.

– C'est inutile, mon ami, répliqua Shaar-Lun sans le regarder. Je dois accomplir cette mission seul. Je ne veux pas mettre en danger d'autres vies que la mienne.

Rialdo le saisit par les épaules et le força à lui faire face :

– Ce n'était pas une requête, Shaar-Lun. Je t'accompagne.

Rialdo fixait son ami de ses yeux noirs. On pouvait lire la détermination sur son visage. Shaar-Lun haussa les épaules :

– Pardonne-moi, je suis stupide.

Il prit une profonde inspiration et poursuivit :

– Merci, Rialdo. Toi au moins, tu me fais confiance…

Le guerrier éclata d'un rire sans joie :

– Pas le moins du monde ! Mais je ne te laisserai pas partir seul au combat !

La voix de Sheelba retentit derrière eux :

– Moi non plus !

Shaar-Lun blêmit et se retourna lentement. Il craignait de découvrir la douleur dans les yeux de sa mère.

Sheelba se tenait très droite devant lui. Elle avait séché ses larmes.

– J'ai réfléchi, souffla-t-elle. Puisque je ne parviendrai pas à changer ta décision, j'essayerai au moins de t'aider…

Shaar-Lun la considéra en silence.

– Tu as raison sur un point, poursuivit l'impératrice. Arh'En Dal savait ce qu'il faisait. Il a toujours fait preuve de sagesse, et il ne s'est pas donné la mort en vain. Il savait que ce livre recelait le moyen de nous délivrer de nos tourments. Si tu es l'Élu, je dois t'aider.

Elle leur fit signe de la suivre et partit au fond de la caverne.

Là, elle étala une couverture et s'assit en tailleur. Elle disposa une petite coupe de terre, la remplit d'un liquide ambré et fit le vide dans son esprit.

– C'est un sort puissant, murmura-t-elle. Il me demandera toutes mes forces.

Shaar-Lun voulut intervenir, mais elle lui intima le silence d'un geste impérieux.

– Ne m'interrompez sous aucun prétexte, vous pourriez me tuer. À la surface de ce liquide vont apparaître des présages, mêlés à des images de la réalité, passée ou présente. Il vous appartient de faire le tri et de choisir l'attitude à adopter…

Elle ferma les yeux et entama une longue incantation. Shaar-Lun frémit. Sheelba employait une langue qu'il ignorait. L'impératrice possédait un savoir qui le dépassait…

Elle rejeta la tête en arrière et exhala un nuage de fumée bleue. La surface du liquide bouillonna, dessinant un tourbillon vers lequel plongèrent les volutes de brume.

Puis elle se lissa de nouveau.

Le liquide avait l'aspect d'un miroir. Shaar-Lun et Rialdo se penchèrent et y découvrirent avec stupéfaction le visage de Kaylan.

– Mon père est vivant ! hoqueta Shaar-Lun.

L'avertissement de Sheelba lui revint en mémoire : « Des images du présent… et du passé », avait-elle dit. Il se concentra sur les visions qui défilaient sur le miroir magique.

Kaylan marchait au bord du lac sombre. Il s'agenouilla et effleura le liquide de ténèbres. Il en préleva une goutte, la renifla et fit une moue dégoûtée.

L'image se troubla.

Un nouveau décor apparut. Des mutants dansaient autour d'un feu aveuglant. Rialdo et Shaar-Lun clignèrent des paupières : la vision était saisissante. Les monstres bondissaient au-dessus des flammes, dans un sabbat ahurissant.

Les flammes provenaient d'une vasque de cuivre. Shaar-Lun fut surpris de n'y découvrir ni bois, ni matériau combustible. Par quelle magie les mutants alimentaient-ils la flamme ? À sa connaissance, les créatures n'utilisaient pas les sortilèges, dont ils ignoraient les plus élémentaires principes…

Une nouvelle vague vint brouiller l'image.

Kaylan combattait des monstres. Acculé au bord d'un monticule rocheux, il repoussait vaillamment les assauts furieux. Mais il perdait pied. Après avoir toisé crânement ses adversaires, il finit par tourner les talons et se jeta dans le vide.

Shaar-Lun passa une main tremblante sur son visage : cette fois, le rêve n'était plus permis… L'Empereur-Mage avait péri.

La coupe fut agitée d'un mouvement plus fort que les précédents, et la vision tarda à se matérialiser.

– Les armées des Ténèbres ! suffoqua Rialdo. Elles… elles volent !

Les deux hommes n'en croyaient pas leurs yeux.

Effarés, ils assistaient à un spectacle hallucinant : les forces du Mal avaient pris place à bord de *vaisseaux volants* ! C'étaient des bateaux, attachés sous d'immenses poches de cuir gonflées. Ainsi suspendues dans les airs, les embarcations dérivaient dans le sillage du Titan.

Shaar-Lun, incrédule, découvrait cette multitude de dirigeables. Les équipages s'affairaient sur les ponts, tendant les voiles pour les offrir au vent... Les armées des Ténèbres prenaient le ciel comme autrefois les marins s'engageaient sur les flots tumultueux !

Les images s'enchaînaient, fascinantes : les vaisseaux se posaient parfois, semant la terreur sur leur passage. Ils déversaient leurs troupes, qui partaient à travers le pays, envahissaient les cavernes, ratissaient les ruines, pillaient et détruisaient ce qui pouvait encore l'être...

Parfois, la flottille volante rencontrait un groupe d'humains qui tentaient vainement de repousser la déferlante monstrueuse. Ils décochaient des flèches enflammées dans l'espoir de bouter le feu aux embarcations. Tentative dérisoire ! Les vaisseaux prenaient de l'altitude, échappant aux projectiles ardents.

Les équipages s'emparaient alors d'outres munies de mèches qu'ils allumaient avant d'en bombarder leurs adversaires. Les sacs de cuir s'abattaient sur le sol, explosant au point de chute. Les malheureux combattants s'embrasaient comme des torches au contact des projections…

La surface du liquide s'obscurcit, et Shaar-Lun et Rialdo crurent un instant que le sortilège prenait fin. Mais, tout à coup, des gueules menaçantes apparurent dans la coupelle. Les deux hommes tressaillirent.

L'un des monstres portait une armure d'acier. La visière de son casque était relevée.

– Le général des Ténèbres, devina Shaar-Lun.

Le monstre pointait un doigt inquisiteur sur la crête des montagnes. Il les observait, tranquille, sûr de sa victoire.

Le vaisseau amiral flottait bien au-dessus de l'armée des airs.

On distinguait, dans le lointain, les montagnes brumeuses…

L'image disparut.

Sheelba émit une plainte rauque. Elle s'effondra, heurtant la coupe du front. Le liquide ambré se répandit sur la couverture en étoile fumante.

Shaar-Lun se jeta auprès de sa mère avec un cri de désespoir :

– Mère ! Par la Lune sombre ! Non !

Il la redressa avec d'infinies précautions. Sheelba avait les yeux révulsés. Inconsciente, elle fut secouée d'une formidable quinte de toux.

Shaar-Lun, affolé, cherchait de l'aide ; mais aucun des survivants ne possédait des connaissances en médecine.

Rialdo l'aida à allonger l'impératrice. Les lèvres de Sheelba avaient bleui, et elle respirait à peine. Sa peau avait pris l'apparence de la porcelaine. Elle ressemblait aux gisants qui ornaient les sarcophages des empereurs...

Shaar-Lun s'interdit d'y voir un mauvais présage.

Rialdo perçut la confusion de son ami. Il se pencha et lui glissa à l'oreille :

– Souviens-toi des paroles du grand prêtre : Sheelba est son héritière. Elle est épuisée... Mais elle est la Gardienne de la sagesse de notre peuple, *l'Immortelle* ! Elle ne peut périr que par les armes.

Shaar-Lun était redevenu un enfant hésitant. Ses yeux effectuaient d'incessants va-et-vient entre le visage de sa mère et celui de Rialdo. Il aurait voulu se rassurer, croire aux explications de son ami. Mais l'angoisse le tenaillait : Sheelba était là, allongée sur une maigre couverture, à même le sol, entre la vie et la mort.

Il décida d'agir pour ne pas céder au désespoir.

Il se secoua et se dirigea d'un pas mal assuré vers la sortie de la grotte. Les sentinelles avaient besoin de soutien. L'Ombre du Dragon ne tarderait plus à recouvrir les montagnes.

Il s'arrêta à l'entrée et contempla le décor qui s'offrait à lui. Au loin, les crêtes des montagnes brumeuses se découpaient sur le firmament encore étoilé...

Hanté par l'image de sa mère sur son lit de souffrance, il ne réalisa pas tout de suite la situation.

L'idée s'imposa soudain, en un éclair saisissant. Il fit volte-face et appela Rialdo d'une voix que l'épouvante rendait suraiguë.

Le guerrier accourut, les armes à la main. Les hommes se levaient, devinant l'imminence du danger.

– Quoi ? Que se passe-t-il ? demanda Rialdo, hors d'haleine.

– La… la dernière vision ! bégaya Shaar-Lun. Les vaisseaux volants ! Ils s'apprêtent à accoster les flancs de la montagne ! Ils suivent le Dragon ! *Ils arrivent, Rialdo* !

17

Le dirigeable dérivait lentement au-dessus des montagnes brumeuses. Il devançait le Dragon, dans la lueur pâlissante des étoiles. Les vigies, lunettes aux yeux, balayaient le décor à leurs pieds, traquant la plus petite grotte, la moindre silhouette. Dès qu'un abri potentiel était localisé, le vaisseau ralentissait, et des éclaireurs étaient envoyés. Juchés sur des reptiles volants, ils fondaient sur leur cible.

Ils attendaient alors, drapeau en main, que le gros des troupes les rejoigne.

Car la terrifiante armada suivait le Titan, profitant de la formidable aspiration du dieu volant. C'était une marée de ballons, une déferlante de bateaux.

Un voile de terreur s'abattait sur le sol, déversant sa peste dans un tonnerre de vociférations. Sautant à bas de leurs montures, les mutants couraient partout, envahissaient toutes les grottes, se répandaient à travers les souterrains. Ils tuaient sans distinction, sauvages… impitoyables.

Puis ils repartaient, ivres de leur victoire, pour semer un peu plus loin le chaos et la désolation.

Ils étaient les maîtres de ce monde de ténèbres, les seigneurs d'une terre à l'agonie.

L'un des guetteurs repéra la grotte des rebelles, qui s'ouvrait comme un œil au milieu de la pente. Il éructa un ordre guttural, et les guerriers s'empressèrent de délier leurs montures ailées. Avec des cris affamés, les sauriens signifiaient leur désir d'en découdre. Ils sentaient la tension de leurs cavaliers, ils salivaient à l'approche du carnage. Les mutants s'arrimaient sur les selles de cuir et, fouettant les rênes, faisaient décoller leurs créatures volantes.

Le chant éraillé des lézards volants retentissaient dans les airs. Il ricochait en multiples échos, achevant de paniquer leurs proies.

Aark'rath, le chef des cavaliers éclaireurs, haranguait ses hommes avant de prendre l'air.

– Nous sommes les porteurs de mort ! hurlait-il. Les troupes d'élite, déléguées par le général pour annoncer l'avènement des Ténèbres ! Nous devons ouvrir la voie !

Un concert de hurlements accompagna sa déclaration. Les hommes levaient le poing, manifestant leur joie bestiale.

Aark'rath ricana avant d'enfiler son heaume. C'était un casque taillé dans un crâne d'ogre, partiellement recouvert de lambeaux de chair putride, qui lui conférait des allures de démon jaillissant des enfers. Le mutant aimait plus que tout lire la terreur dans les yeux de ses victimes. Il se délectait du spectacle de leur souffrance.

Il lança sa monture dans le vide, aussitôt imité par une demi-douzaine de monstres. Les sauriens décrivirent une série de cercles concentriques dans le ciel, puis ils filèrent vers la grotte.

Aark'rath laissa échapper un rire tonitruant. Cette fois, il s'offrirait un plaisir égoïste : plutôt que d'attendre les renforts, il mènerait lui-même l'assaut. Il goûterait le premier à la chair des rebelles qui se terraient dans cette faille…

– L'heure du jugement a sonné, gronda Shaar-Lun.

Il rabattit la visière de son casque. Derrière lui, Rialdo fit de même et lança un ordre sec. Les hommes prirent chacun leur poste, se dissimulant dans les fissures qui s'ouvraient de part et d'autre de la galerie.

– Nous sommes prêts.

Shaar-Lun priait pour que son plan leur assure la victoire. Il avait agi dans l'urgence, juste à temps pour échapper à la vue des vigies aériennes.

Les femmes et les enfants avaient été évacués à l'extérieur. On les avait allongés sur le sol, dissimulés sous des couvertures sur lesquelles on avait jeté des poignés de gravats. C'était un camouflage grossier, qui pouvait toutefois se montrer efficace quand les étoiles pâliraient.

Le moment tant attendu arrivait : l'Ombre du Dragon approchait ; on distinguait à peine les silhouettes des sauriens dans le ciel. Leurs ailes glissaient sur l'air dans un frôlement de cuir.

Les monstres atterrirent non loin de l'entrée. Shaar-Lun bondit dans la pénombre. Mâchoires serrées, il se posta au milieu du couloir, l'épée haute, et se mit à psalmodier une première incantation.

Rialdo, plaqué contre la paroi, attendait l'instant fatidique. Les souffles étaient lourds. Les hommes étaient tendus comme des cordes d'arbalètes. Ils étaient presque nus, et leurs armes étaient de pauvres épieux ramassés sur les cadavres des mutants… Face aux guerriers du chaos qui arrivaient, il leur faudrait combattre avec griffes et dents.

Ils retinrent leur respiration quand le premier assaillant se rua vers l'entrée de la grotte. C'était un colosse au casque terrifiant. Une créature de cauchemar.

Le monstre donna le signal de l'attaque et s'engagea d'un pas pesant dans le corridor. Il avançait sans prendre garde, sûr de sa force.

Il se figea en apercevant Shaar-Lun :

– Ah ! Je savais que nous trouverions des rebelles ici ! À moi, mes guerriers : je sens d'ici l'odeur des femelles et des petits d'humains !

Les mutants se massaient déjà derrière lui, haletant et dardant des regards vicieux en tous sens.

Aark'rath brandit sa hache de guerre et la fit tournoyer. L'arme vrombissait, elle semblait animée et désireuse de voler des vies. Le monstre passa une langue gourmande sur ses lèvres. Ses crocs brillaient dans la pénombre.

Il tressaillit pourtant en constatant que l'homme qui se dressait devant lui ne trahissait aucune peur. Au contraire, le guerrier le toisait avec morgue et détermination.

Aark'rath vacilla quand il vit s'allumer deux flammes au milieu du visage de son adversaire.

Shaar-Lun venait d'ouvrir les yeux. Les préparatifs de son sortilège s'achevaient.

– À l'assaut ! hurla le monstre.

Les mutants s'élancèrent.

Shaar-Lun ouvrit la bouche et vomit un torrent de flammes. Les deux premiers attaquants furent frappés de plein fouet. Ils s'embrasèrent comme des fétus de paille, et tourbillonnèrent, hagards, avant de s'écraser sur le sol.

La lumière était aveuglante. Figés, les monstres se protégeaient le visage. Ils grognaient, cherchant à localiser leur proie.

Jugeant le moment opportun, Rialdo lança la contre-attaque. Les hommes sortirent de leurs caches et se jetèrent à la gorge des monstres.

S'ensuivit une mêlée confuse, pendant laquelle humains et mutants roulaient à terre, frappant au hasard à coups furieux.

Shaar-Lun titubait. Son sort l'avait épuisé, un voile trouble s'était abattu devant ses yeux, et des étoiles noires explosaient sous ses paupières. Il perçut la silhouette floue qui venait sur lui.

Aark'rath écumait. Son casque d'os l'avait protégé de l'éblouissement et il traversait le champ de bataille en distribuant çà et là des coups de sa faucheuse. L'arme à double tranchant traçait des sillons pourpres dans la chair de ses adversaires, qui s'effondraient sans une plainte.

– Un sorcier ! rugit-il. Il reste un sorcier humain ! Je vais prendre ta tête, petit homme, et je dévorerai ton esprit !

Shaar-Lun dut prendre appui sur son épée, ses jambes refusant de le porter. Il devina sans le voir le mouvement de son adversaire : Aark'rath avait brandi sa hache et, d'un mouvement circulaire, cherchait à le décapiter.

Le jeune homme se laissa glisser à terre. Il sentit le souffle de la lame au-dessus de sa tête, il entendit le juron du monstre. Déjà, Aark'rath préparait une nouvelle charge. Hurlant de rage, il frappa pour clouer Shaar-Lun au sol. Shaar-Lun roula sur lui-même. La hache heurta la roche dans une gerbe d'étincelles.

Aark'rath rugit de colère. Cet échec décuplait ses forces. Il moulina comme un fou. Dans un ultime effort, Shaar-Lun s'était ramassé. Il brandissait son épée devant lui, tentant d'endiguer les assauts furieux de la bête. Mais ses forces le fuyaient, ses muscles étaient douloureux. Chaque attaque se répercutait dans son corps en onde destructrice. « Je vais me disloquer ! songea-t-il avec effroi. Je vais me répandre dans mon armure… »

Son poignet faiblit, et la hache de Aark'rath l'atteignit au torse. Elle perça l'armure, et Shaar-Lun hurla quand l'acier mordit sa chair.

Avec une grimace vicieuse, Aark'rath imprima un mouvement de torsion et, sans dégager sa hache, releva le jeune homme inconscient.

Shaar-Lun pendait au bout de son bras comme un pantin désarticulé.

Le chef du commando laissa éclater sa joie et fit volte-face pour présenter aux combattants son trophée macabre.

Il s'étrangla en se retrouvant nez à nez avec Rialdo. L'armure du guerrier était couverte du sang de ses ennemis.

– C'est mon ami que tu tiens là, dit Rialdo en plongeant son épée dans le ventre de la bête.

Surpris, Aark'rath resta sans réaction. Il dodelina de la tête, refusant la réalité. Puis il fixa la lame qui s'était fichée dans sa chair jusqu'à la garde.

– Tu… ne peux…, balbutia-t-il.

Rialdo grimaça en arrachant son arme. Un flot carmin se répandit sur les cuisses du monstre, qui tomba à genoux.

– Ce n'est pas… possible…, cracha-t-il encore.

Ses pupilles se voilèrent et il s'effondra dans la poussière.

Rialdo s'agenouilla près de Shaar-Lun. Le jeune homme était livide, mais il respirait encore. Il ouvrit les yeux :

– Ça ira, murmura-t-il. Les hommes ?…

Rialdo secoua la tête :

– Ils résistent toujours, mais tombent les uns après les autres. Je dois y retourner…

Shaar-Lun se releva en grognant. Il respirait avec peine, et son bras droit pendait, inerte :

– Je viens avec toi…

Rialdo s'élança dans la mêlée. Le combat s'éternisait. Mus par l'énergie du désespoir, les hommes livraient des duels acharnés, reculant pas à pas dans l'étroit corridor. Les monstres gagnaient sans cesse du terrain, repoussant leurs adversaires au fond de la galerie. Bientôt, ils pénétreraient dans la caverne, où l'espace jouait en défaveur des rebelles…

Shaar-Lun soufflait comme une forge. Chacune de ses inspirations lui déchirait les poumons. Il se pencha sur Aark'rath et lui trancha la tête. Il rengaina son épée, et saisit le crâne du monstre, toujours coiffé de son casque de cauchemar.

En proie à de terribles vertiges, le jeune homme dut s'adosser à la paroi. Il sentait vibrer son tatouage sur son cou.

« Le Dragon est tout proche maintenant. »

À cette idée, des forces nouvelles affluèrent dans ses veines. Il se redressa et se concentra pour lancer un dernier sort.

– Ô, Lune sombre ! Fais preuve de miséricorde : offre-moi l'énergie qui me fait défaut !

Les mots jaillirent sur ses lèvres sans qu'il en aie conscience… Il tituba vers la sortie.

Les mutants savouraient par avance leur victoire. Les hommes reculaient sous leurs charges ; ils ne paraient plus les coups et tombaient les uns après les autres. Les monstres enjambaient leurs corps avec des cris de joie.

Rialdo et deux derniers combattants faisaient front commun, interdisant l'accès à la grande salle.

– C'est fini, grogna le guerrier. Nous sommes morts…

Mais à sa grande stupeur, les monstres rompirent l'assaut et refluèrent en désordre. Ils échangeaient des commentaires affolés dans leur langue rocailleuse.

Rialdo se retourna et vit Shaar-Lun, qui avançait en brandissant le crâne de Aark'rath, une flamme vive dans le regard.

– À terre ! cria-t-il à ses compagnons.

Ils se jetèrent sur la roche, tandis que Shaar-Lun crachait à nouveau des torrents de feu. Son souffle incandescent atteignit trois mutants, dont les silhouettes gesticulantes se racornirent contre les parois.

C'en était trop pour les autres monstres, qui s'enfuirent en hurlant.

– Le fils du Dragon ! criaient-ils. Nous avons osé défier le fils du Dragon !

Shaar-Lun fit encore quelques pas, puis il mit un genou au sol.

– Poursuivez-les, lâcha-t-il dans un râle. Ils ne doivent pas prévenir les autres !

Rialdo et ses hommes s'élancèrent dans le couloir tortueux.

Quand Shaar-Lun sortit enfin de la caverne, la victoire était totale. Deux mutants gisaient face contre terre. Un homme les surveillait en les menaçant de son épieu. D'autres rebelles achevaient les sauriens volants. Les bêtes coassaient et bataillaient ferme pour décoller, mais ne parvenaient pas à dégager leurs ailes empêtrées dans les couvertures. Effarées, elles appelaient leurs maîtres…

Les femmes et les enfants avaient jailli de leur cachette pour venir en aide aux guerriers.

Shaar-Lun aperçut Rialdo, et fut surpris par son air grave.

C'est alors qu'il vit Sheelba et Fawna.

La jeune femme sanglotait en tenant la main de l'impératrice, qui gisait sur le dos. Une fleur de sang s'épanouissait sous elle, abreuvant la poussière.

– Non ! Ce n'est pas possible ! Pas elle !

Shaar-Lun dévala la pente et se précipita au côté de Sheelba. Il prit son visage dans ses mains.

– Mère ! Je vous en supplie ! Ne m'abandonnez pas !

La malheureuse était d'une pâleur extrême. Elle esquissa un pauvre sourire :

– Hélas ! mon fils, tu arrives trop tard…

– C'est un enfant, gémit Fawna. Il s'est affolé et il… il est sorti de la cachette. Les sauriens nous ont repérés, ils se sont jetés sur nous. Sheelba a été happée par l'un d'eux…

Shaar-Lun n'entendait plus. Il regardait la robe de sa mère, où se dessinait l'empreinte des terribles mâchoires…

– C'est ma faute, sanglota-t-il. Jamais je n'aurais dû vous faire sortir de la caverne !...

Sa voix s'était muée en gémissement enfantin.

– Non, mon fils, murmura Sheelba. Tu as bien agi. Tu as sauvé les nôtres.

Elle ne put réprimer une plainte sourde. La douleur lui déchirait les entrailles.

Shaar-Lun lui embrassa le front.

– Tu as fait ce que tu devais faire, Shaar-Lun. Te voilà Empereur-Mage... Venge-nous, maintenant ! Accomplis ton destin, enfant du Dragon !

La main de Sheelba se crispa sur celle de son fils. Il sentit son souffle sur sa joue, puis plus rien.

L'impératrice s'en était allée.

Shaar-Lun resta un long moment muet. Il était incapable d'organiser ses idées, n'éprouvait plus rien. Il était anesthésié par la souffrance.

Fawna l'enlaça doucement.

– Tu ne pouvais pas savoir, lui glissa-t-elle. Ils auraient pu être plus nombreux... Ton plan était bon.

Mais ses mots restaient sans effet. Shaar-Lun s'en voulait amèrement.

Il pria avec ferveur, recommandant l'esprit de Sheelba à la Lune sombre. Puis il se remit sur ses pieds et se dirigea, l'œil noir, vers les sauriens encore en vie.

– Laissez-les ! aboya-t-il. J'en ai besoin.

Rialdo s'interposa :

– Halte, Shaar-Lun. Tu ne sais plus ce que tu fais…

Mais Shaar-Lun l'écarta sans ménagement. Il s'approcha d'un des lézards, qui tendait vers lui sa gueule hérissée de crocs. Les mâchoires claquaient, cherchant à saisir cette proie inconsciente.

Shaar-Lun avançait toujours. La voix de Sheelba sonnait à ses oreilles : « Venge-nous, maintenant ! »

Il offrit sa main aux crocs du saurien. Son tatouage pulsait sur sa gorge.

– Vous serez l'instrument de ma vengeance, dit-il.

Contre toute attente, la bête se raidit et baissa la gueule dans une posture de soumission.

– Com… comment as-tu fait ça ? bredouilla Rialdo dans son dos.

– Je ne sais pas, répondit le jeune homme sans se retourner. J'entends ses pensées et il entend les miennes. Il m'accepte comme maître.

Fawna se précipita vers lui.

– Ne fais pas ça, gémit-elle. C'est de la folie !

Les bras de la jeune femme se nouèrent autour de sa nuque. Il vacilla, l'embrassa, puis se défit de son étreinte avec douceur :

– Il le faut pourtant, mon amour. La prophétie…

Le visage de Fawna était inondé de larmes :

– Si tu venais à disparaître…

Elle se tut et porta une main à ses lèvres. Il caressa sa joue et sourit :

– Veille sur les nôtres, Fawna.

Il enfourcha le saurien et assujettit les courroies de la selle à son armure.

– Je vais sur le vaisseau, déclara-t-il en pointant du doigt le dirigeable qui planait au-dessus d'cux. Quelqu'un doit repousser l'armée des Ténèbres.

Resté en retrait, Rialdo secoua la tête. « Il est fou », pensa-t-il. Il considéra en silence son ami, puis se reprit. « Mais je ne peux pas le laisser y aller seul… »

Il s'avança vers la seconde monture ailée. Le saurien cracha de colère. Shaar-Lun se tourna vers la bête, qui se soumit, elle aussi. Rialdo monta en selle.

– Mettez-vous à l'abri, ordonna Shaar-Lun. Veillez à sauver ceux qui peuvent l'être encore !

Fawna mit ses mains en porte-voix et cria pour couvrir les bruits des sauriens :

– Shaar-Lun ! Il y a quelque chose dont je dois te parler…

Il l'interrompit d'un geste brusque :

– Pas maintenant ! Il me faut d'abord mener ce combat… Nous en parlerons plus tard. Si je reviens…

La gorge nouée, il se détourna et fit décoller sa bête. Les yeux de Sheelba s'étaient superposés à ceux de Fawna. Fou de rage et de douleur, le jeune homme s'envola, aussitôt suivi par Rialdo. Les deux cavaliers lancèrent leur monture à l'assaut du vaisseau éclaireur.

Fawna, désespérée, les regarda s'éloigner.

– Va, mon amour. Accomplis ta destinée !

Elle étouffa un sanglot et ferma les yeux.

– Je voulais seulement te dire que Sheelba m'a transmis le don, chuchota-t-elle. Je suis, à mon tour, l'Immortelle…

18

Les sauriens prenaient de l'altitude. Leurs cavaliers inexpérimentés tanguaient dangereusement au-dessus du vide. Rialdo priait la Lune sombre. L'angoisse lui oppressait la poitrine : avait-il bien fixé les sangles de la selle ? Les lanières de cuir le retiendraient-elles s'il vidait les étriers ?

Il secoua la tête et reporta son attention sur Shaar-Lun.

Celui-ci le précédait de plusieurs longueurs. Il talonnait son reptile volant, pressé d'aborder le vaisseau éclaireur.

Là-haut, à bord du dirigeable, les vigies les avaient repérés depuis longtemps. On s'affairait, et un comité de réception se mettait en place.

Une première volée de flèches siffla à leurs oreilles. Les sauriens crachèrent de colère et virèrent de bord. Les deux jeunes gens durent tirer sur les rênes pour maintenir le cap. Les animaux étaient déstabilisés : l'embarcation si accueillante d'ordinaire se transformait en piège ennemi…

Shaar-Lun aiguillonna sa bête. Il contourna le vaisseau, évitant une nouvelle salve de projectiles. Les archers juraient, changeaient de poste, mais les sauriens étaient trop rapides. Shaar-Lun défit les sangles qui le retenaient à la selle. Mentalement, il ordonna à sa monture de tourner autour du vaisseau, puis de raser les voilures.

Le reptile s'exécuta. Il plongea à l'abri des gréements, échappant un instant à la vue des mutants.

Au passage, Shaar-Lun s'agrippa à la toile rêche et se laissa glisser sur le pont.

Avec un cri farouche, il dégaina sa lame et fondit sur les monstres hébétés. Son épée creusa des sillons sur leurs torses nus. Quelques-uns parvinrent à décocher leurs traits, qui se fichèrent dans l'armure du jeune homme. Ils se débarrassèrent de leurs arcs, devenus inutiles, et se ruèrent sur des épieux.

Profitant de la confusion, Rialdo avait accosté de l'autre côté du pont. Il bondit à l'abordage et rejoignit Shaar-Lun.

Ensemble, ils taillèrent et découpèrent dans la chair de leurs ennemis, repoussant par-dessus bord les blessés et les mourants.

Ils furent bientôt seuls maîtres à bord.

Les deux jeunes hommes se dévisagèrent, stupéfaits de se retrouver indemnes après une telle bataille. Ils levèrent leurs armes au ciel en hurlant de joie.

Puis ils se jetèrent vers la barre.

La formidable silhouette du Titan approchait, traînant dans son sillon l'armada de dirigeables…

– Nous serons rejoints sous peu, s'écria Rialdo. Nous serons avalés par l'Ombre du Dragon !

Une peur superstitieuse lui nouait les entrailles. Il vérifia nerveusement les attaches de son armure. Une question l'obsédait : serait-elle suffisante pour le protéger des émanations maléfiques du demidieu ?

Il surprit le regard étonné de Shaar-Lun et s'excusa, penaud :

– Jamais je ne l'ai vu d'aussi près…

Shaar-Lun ne répondit pas. Le front marqué d'une ride soucieuse, il s'affairait au gouvernail, dans l'espoir de faire virer le navire.

– Nous allons affronter l'armée des Ténèbres !

Rialdo blêmit. Ils étaient deux face à des centaines, voire des milliers de créatures entraînées…

Un vaisseau se détacha de la masse compacte. Il chargeait droit sur eux, toutes voiles dehors.

Il atteignit sa cible au moment précis où la tête du Dragon les surplombait.

Le froid saisit Shaar-Lun et Rialdo. À cette altitude, les effets de l'éclipse Draconique étaient décuplés.

Ils frissonnèrent, sans parvenir à se persuader que ce n'était pas de peur.

Shaar-Lun posa une main ferme sur l'épaule de son compagnon :

– Je ne sais si nous survivrons, mais je tenais à te le dire : je suis fier de compter parmi tes amis.

Une crispation nerveuse secoua la pommette de Rialdo :

– C'est le moment de prouver que Arh'En Dal ne s'est pas trompé ! Si tu es l'Élu, nous vaincrons !

Il se détourna très vite, la bouche sèche. Cette fois, le défi semblait impossible à relever…

Des cris farouches s'élevaient du bateau ennemi. Une demi-douzaine de sauriens s'en détachèrent aussitôt.

Des guerriers en armure de cuir noir les chevauchaient. Leurs heaumes aux panaches flamboyants illuminaient les alentours. Ils faisaient tourbillonner de redoutables masses d'armes, hérissées de piques.

Shaar-Lun bloqua la barre pour maintenir le cap.

– Restons sur le pont supérieur, haleta-t-il. Ils ne pourront y tenir tous !

Rialdo se contenta de hocher la tête. Il serrait les dents, les mains jointes sur le pommeau de son épée. Une sueur âcre lui brûlait les yeux.

Les monstres posèrent leurs montures sur le gaillard d'avant. Ils sautèrent à bas et s'élancèrent vers les deux jeunes gens en vociférant.

Shaar-Lun cueillit le premier assaillant en haut de l'échelle qui menait au pont. Le monstre allait se rétablir quand la lame s'abattit, déformant son casque. Il y eut un craquement sinistre, et le guerrier noir bascula dans le vide. Il s'écrasa sur le gaillard dans un bruit mat.

Rialdo attaqua le suivant, qu'il transperça de son glaive.

Mais les envoyés des Ténèbres réagirent vite : les suivants plongèrent de côté. Shaar-Lun et Rialdo pivotèrent pour les affronter. Les deux derniers combattants prirent pied à leur tour sur le pont.

– Dos à dos ! siffla Shaar-Lun.

Rialdo s'exécuta. Les quatre mutants les cernaient, restant hors de portée de leurs épées. Ils resserraient peu à peu leur étau, et leurs masses d'armes entonnaient un chant de guerre dans le vent.

Rialdo frappa le premier, mais son épée manqua sa cible. Son adversaire le saisit au poignet et tira avec force. Déséquilibré, Rialdo plongea en avant et percuta le bastingage. Il manqua de passer pardessus bord et lâcha son arme pour se rétablir. Le montre le suivit.

Shaar-Lun dut faire face aux trois autres belligérants. Il para une première attaque, répliqua de taille et atteignit l'un d'eux à la tête. Le casque vola, révélant une figure démoniaque. La créature avait un visage de boue, au milieu duquel luisaient deux prunelles d'émeraude.

Shaar-Lun réagit aussitôt et lança son bras en avant. Il toucha sa cible à la gorge. Sa lame pénétra profondément dans les chairs du monstre... Elle en ressortit dans un chuintement obscène.

La créature répliqua d'un moulinet précis. Shaar-Lun grimaça sous le choc, mais son armure résista aux pointes acérées.

Dans son dos, Rialdo évitait les charges du monstre. Il bondissait de côté, s'agrippait aux gréements pour ne pas tomber. Il cherchait à récupérer son épée, mais le monstre faisait écran devant la lame. La créature se redressa soudain. Elle défia le jeune homme du regard, semblant l'inviter à tenter sa chance. Il lui faudrait plonger dans les jambes du monstre, ramasser son épée et frapper aussitôt. Ce faisant, il s'offrirait à la masse...

Rialdo prit une profonde inspiration. Le mutant avait relevé son arme et savourait ce moment. Rialdo se jeta en avant, mais modifia sa course à l'ultime seconde. La masse d'armes ne rencontra que le vide. Le monstre jura. Rialdo poursuivit son mouvement et, sans chercher à prendre son épée, il percuta de tout son poids la bête, qui vola contre le bastingage et tomba dans le vide.

Le jeune homme mit un genou en terre et saisit la garde de son glaive. Il fit volte-face et ne put retenir un cri d'effroi : Shaar-Lun vacillait sous une pluie de coups. Son armure se disloquait. Ses articulations de cuir cédaient une à une. Un premier canon de bras roula sur le pont, puis le plastron tomba à son tour. Les yeux écarquillés d'horreur, Rialdo regardait Shaar-Lun, livré peu à peu aux rayonnements maléfiques du Titan.

Quelques instants encore, et il se transformerait, pour rallier les rangs des suppôts des Ténèbres. Les guerriers de jais visaient avec une précision diabolique. Leurs coups n'étaient plus destinés à tuer, mais à détruire les protections du jeune homme.

Rialdo rugit de colère et s'élança dans la mêlée.

Il frappa de toutes ses forces la première créature. Son épée trancha le poignet armé du monstre, et la masse d'armes retomba sur le pont.

Rialdo combattait comme un dément. Son glaive transperçait les défenses des assaillants. Il décocha un violent coup de pied dans le dos de l'un d'eux, qui disparut dans la nuit. Rialdo chargea le suivant, lui plongeant sa lame dans le poitrail. Il le souleva et le projeta dans les airs. La silhouette massive fut happée à son tour par l'obscurité.

Soudain, des mains puissantes se refermèrent sur la gorge de Rialdo, qui suffoqua. Le démon au visage de boue raffermit sa prise. Rialdo parvint à retourner son arme et l'enfonça dans le poitrail de la créature.

Un éclat de rire fit écho à son attaque : le monstre était insensible à son acier ! « C'est fini ! » songea Rialdo. Des étoiles multicolores dansaient devant ses yeux ; ses forces l'abandonnaient. Il eut une dernière pensée pour Shaar-Lun, qu'il n'avait pas su protéger…

Un choc violent le secoua. L'étau se relâcha autour de son cou, et il glissa au sol sans connaissance.

Il ne vit pas Shaar-Lun s'opposer au démon. Il ne vit pas les flèches enflammées qui avaient jailli des mains du jeune homme. Il ne l'entendit pas lancer un ordre guttural en pointant son adversaire du doigt. Il n'eut pas conscience de la déflagration, quand l'onde magique percuta le monstre au front, réduisant son crâne en bouillie fumante.

Il fut pris d'une quinte de toux quand les fumées épaisses se dégagèrent à sa hauteur.

Shaar-Lun tentait de l'asseoir.

– Rialdo, mon frère ! Tu es vivant !

Shaar-Lun resplendissait. Rialdo pouvait voir son visage juvénile dans les reflets des flammes.

– Vite ! Il faut quitter le vaisseau. L'incendie se généralise : le panache flamboyant du heaume a bouté le feu aux planches du navire…

Mais Rialdo n'entendait pas Shaar-Lun. Tétanisé, il le dévisageait :

– Tu… tu n'es pas…

Rialdo était abasourdi par ce spectacle ahurissant : Shaar-Lun allait presque nu dans l'Ombre du Dragon ! Sa peau ne bouillonnait pas, il ne se déformait pas, il… *il restait insensible aux effets de l'Ombre* !

– La prophétie…, s'exclama-t-il. Arh'En Dal ne s'était pas trompé ! Tu… *tu es l'Élu* !

Shaar-Lun le souleva et l'aida à se rétablir :

– Vite, aux montures ! Il faut abandonner le vaisseau avant qu'il ne se disloque !

Rialdo prit soudain conscience de la gravité de leur situation. Ils s'élancèrent tous deux sur le gaillard d'avant et bondirent en selle. Les sauriens poussaient des cris affolés. Dès que les cavaliers libérèrent leurs longes, ils ouvrirent leurs ailes.

Les deux reptiles s'envolèrent aussitôt. Dans un fracas épouvantable, le navire volant se démantibula et partit en tourbillonnant vers le sol.

Les deux jeunes gens suivirent des yeux sa course folle. Le dirigeable en flammes chutait à présent comme une pierre. Il explosa sur les rochers et fut avalé par l'obscurité.

Shaar-Lun et Rialdo n'eurent pas le temps de reprendre leur souffle : de nouveaux cris leur parvinrent. Ils piquèrent leurs montures et firent demitour.

Un vaisseau filait dans leur direction, cherchant à les éperonner. À leur bord, une foule hurlante de combattants de boue fourbissait ses armes.

L'un d'entre eux se tenait à la proue du bateau. Ses cheveux laiteux flottaient au vent. Son armure frappée du blason de Selenæ ne laissait aucun doute sur son identité.

Shaar-Lun se crut victime d'une hallucination. Les yeux rougis, il fixait cette espèce de zombi, de guerrier de goudron qui s'égosillait en lui montrant le poing…

Il déglutit et déclara d'une voix blanche :

– Rialdo ! Là ! À la proue du navire… C'est… *c'est Kaylan* ! *C'est mon père* !

19

Frappé de stupeur, Rialdo manqua de perdre l'équilibre. Il plissa les paupières et se mordit la langue : oui, c'était bien l'empereur, sous cette gangue de boue huileuse…

– Je ne peux pas le combattre, gémit Shaar-Lun, pas lui !

– Ce n'est plus Kaylan ! cria Rialdo. Ouvre les yeux : il est des leurs, à présent !

Une chape de plomb s'était abattue sur les épaules de Shaar-Lun. Il fixait cette ombre grimaçante, se dressant à la proue du navire. Le cœur gros, il dut admettre la vérité : Kaylan n'était plus humain. En tombant sous les coups des forces du Mal, il avait rejoint leurs rangs. Ce n'était plus qu'un pantin dont le général des Ténèbres tirait les ficelles.

D'un mouvement rageur de la tête, Shaar-Lun envoya voler les larmes qui l'aveuglaient.

– Il faut leur échapper, gronda-t-il. On ne peut pas lutter…

Rialdo se tournait en tout sens, affolé. Il n'y avait aucune issue, ils étaient sous la gueule du Dragon.

Le vaisseau de guerre fendait l'air ; il aurait bientôt rejoint les deux jeunes gens. La goélette, plus rapide, avait distancé les autres navires de la flotte. Tel un prédateur, elle fondait sur ses proies. Le choc était imminent.

– Montons ! hurla Shaar-Lun.

Abasourdi, Rialdo le vit éperonner sa monture, qui se cabra et prit de l'altitude. Le cerveau paralysé par l'angoisse, Rialdo imita son ami. Où l'entraînait Shaar-Lun ? Avait-il seulement une idée, ou cherchait-il à fuir, à se mettre hors de portée de leurs poursuivants ?

Rialdo jeta un regard en arrière. Il distinguait dans le lointain les lourdes embarcations et leurs cohortes de guerriers. La goélette de Kaylan effectuait une série de manœuvres pour changer de cap.

Il fouetta son saurien, qui battit des ailes pour rattraper Shaar-Lun. Les deux reptiles ailés se placèrent côte à côte. Ils se lançaient dans une irrésistible ascension qui les rapprochait du Titan.

Rialdo écarquillait les yeux. Il pouvait voir briller les écailles gigantesques de la Bête. « Nous allons heurter le Dragon ! » pensa-t-il avec effroi. Il frémit à cette idée. La voix de Shaar-Lun le tira de son hébétude.

– Plus haut ! Plus vite ! hurlait-il. Il faut chevaucher le Titan !

– Quoi ? balbutia Rialdo. Qu'est-ce que tu dis ?

Il refusait d'entendre ces mots. Mais Shaar-Lun paraissait sûr de son choix.

– Souviens-toi des termes de la prophétie d'Éliphas Reuel ! tonnait-il. « Viendra l'Élu. Il survivra au baiser de l'Ombre et à la morsure de la Lumière. Celui-là seul pourra s'élever dans le ciel. Il devra chevaucher le Titan. »

Sa voix suraiguë avait des accents hystériques, et ses yeux injectés semblaient sortir de son visage. « C'est fini, mon ami, songea amèrement Rialdo. Je n'ai pas su te protéger. Tu voles vers la mort… » Il sentit ses yeux s'embuer et fut tenté de ralentir, de faire demi-tour et de lancer sa monture à la rencontre de ses poursuivants. Il périrait lui aussi, non sans avoir entraîné avec lui quelques-uns des guerriers de jais…

Mais Rialdo ne pouvait se résoudre à abandonner Shaar-Lun.

Il aperçut des sauriens à la limite de son champ de vision. Ne parvenant pas à les rattraper, la goélette envoyait des cavaliers, menés par Kaylan.

Rialdo raccourcit les rênes et se coucha sur l'encolure de sa monture, qui redoubla d'ardeur. Le jeune homme ferma les yeux : « Attends-moi, Shaar-Lun. Je mourrai à tes côtés… »

Derrière lui, les cris des mutants retentirent comme pour confirmer ses pensées. La meute s'enivrait du parfum trouble de la peur. Les monstres claquaient des mâchoires. La curée ne tarderait plus…

Shaar-Lun et Rialdo longèrent la crête du Titan. Le fabuleux animal les ignorait, tout à sa somnolence. Il dérivait dans le ciel, telles ces étoiles perdues dans l'infini, insensible aux gesticulations dérisoires des humains. Il ne réalisa pas que deux créatures ailées frôlaient sa peau écailleuse, luttant contre la formidable attraction de ce continent de chair.

Shaar-Lun s'arc-boutait en tirant sur ses rênes. Sa bête suffoquait, ballottée par les tourbillons générés par le Titan. Les turbulences entraînaient les cavaliers, puis les relâchaient brusquement. Le jeune homme poussait un râle continu. « Je ne suis rien, songeait-il, juste une brindille arrachée par la tempête et dérivant au-dessus des montagnes… »

L'Ombre disparut soudain, libérant une lumière d'enfer.

Shaar-Lun hurla de douleur et sa monture effectua un brusque soubresaut. Elle chercha à rejoindre la pénombre protectrice, et Shaar-Lun dut tirer de toutes ses forces pour la contraindre à continuer.

Ils étaient au côté du Dragon, à la frontière des deux mondes. Ils quittaient les Ténèbres pour la lumière…

Rialdo cria à son tour. La morsure du soleil était intolérable. La température s'était brusquement élevée de plusieurs dizaines de degrés. Sous son armure transformée en étuve, il était pris de suffocation. Il obligea son reptile à garder le cap. La bête renâclait, aveugle, mais il tint bon.

Ils s'échouèrent sur la nuque du Titan.

Les bêtes geignaient, à l'agonie. Les deux jeunes gens sautèrent à bas, et relâchèrent les sauriens, qui se traînèrent instinctivement au bord du vide pour se laisser tomber dans la nuit.

Rialdo titubait. La sueur qui l'avait recouvert se vaporisait. Elle chuintait hors de son armure en volutes tourbillonnantes. Il s'affala sur les écailles luisantes.

Shaar-Lun s'approcha de lui. Il allait torse et tête nu, mais suait d'abondance lui aussi. Il aida son compagnon à se relever.

Le vertigineux spectacle qui s'offrait à eux leur donna la nausée.

À perte de vue s'étendait le dos du Titan. C'étaient des montagnes écailleuses, des promontoires aux reflets d'obsidienne. Sa tête se profilait non loin, éperon sombre surmonté des pics effrayants des cornes de la Bête. De part et d'autre se déployaient les ailes, comme deux océans aux eaux noires et tumultueuses. Enfin, là-bas, on distinguait la queue du Dragon, qui serpentait dans le vide.

Rialdo partit d'un rire dément :

– C'est donc cela que les anciens regrettent : une boule de feu, une lumière d'enfer ! J'avais oublié cette douleur…

Il s'interrompit, secoué d'une quinte de toux douloureuse.

Shaar-Lun soutint son compagnon, glissant un bras autour de ses épaules. Il entreprit de le traîner au milieu des éminences d'ébène qui les cernaient. Les plissements de la peau du Dragon dessinaient des labyrinthes obscurs. Ils s'ouvraient comme des sillons à l'ombre salvatrice. Shaar-Lun s'y réfugia avec Rialdo. Ils purent ainsi échapper à la brûlure du soleil. Shaar-Lun n'osait ôter le casque de son compagnon.

– Tu n'aurais pas dû me suivre, murmura-t-il.

Rialdo toussa et répondit d'une voix caverneuse :

– J'aurais pu mourir sans jamais avoir contemplé ce spectacle…

– Tu ne vas pas mourir ! l'interrompit Shaar-Lun.

Rialdo laissa entendre un rire triste :

– Après tout, peut-être suis-je, moi aussi, l'Élu ?

Shaar-Lun, impuissant, assistait à l'agonie de Rialdo.

– Je suis heureux de t'avoir accompagné jusqu'au bout de ta quête. Tu es l'Élu. Ne te préoccupe plus de moi : accomplis ton destin !

Il ferma les yeux et récita dans un souffle :

– « L'Élu survivra au baiser de l'Ombre et à la morsure de la Lumière. Celui-là seul pourra s'élever dans le ciel… » Ma mort était annoncée, Shaar-Lun. Tu étais seul à pouvoir chevaucher le Titan…

Il exhala un long soupir, et sa tête roula sur le côté.

Shaar-Lun sanglotait comme un enfant.

– Rialdo ! Réveille-toi ! *Je t'en prie !*

Il enleva le heaume de son compagnon et découvrit son visage émacié, sa peau flétrie, ses cheveux d'un blanc laiteux, agglutinés par la sueur. Rialdo avait vieilli au contact du Titan…

Avec respect et douceur, il caressa le front du défunt et l'allongea dans une posture de gisant.

– Je vais chevaucher le Dragon, Rialdo. Je réaliserai la prophétie. Je te le jure !

Il n'eut pas le temps de s'éloigner.

Dans son dos, les cris des guerriers de jais retentissaient déjà.

20

Les envoyés des Ténèbres avançaient péniblement sur le dos du Dragon. Ils se dandinaient de manière grotesque, oscillant de droite et de gauche. On eût dit des ivrognes à la démarche hésitante.

Kaylan allait le premier, le visage déformé par un rictus haineux. Il humait l'air, cherchant à localiser sa proie.

Shaar-Lun jaillit de son refuge et dégaina son glaive. Il fit face aux créatures, l'arme brandie au-dessus de sa tête. Mais les cinq colosses l'ignoraient. Ils pataugeaient dans une mare gluante et nauséabonde. Ils luttaient à chaque pas pour s'en dégager, mais la matière sombre semblait vouloir les fixer aux écailles du Titan. De longs filaments visqueux s'étiraient sous leurs semelles.

Shaar-Lun comprit que la boue qui les recouvrait se liquéfiait au soleil. Le bitume épais s'était changé en pâte suintante. L'enveloppe obscure leur coulait dans les yeux, sur le nez. Elle leur emplissait la bouche…

Shaar-Lun se lança à l'assaut. Il combattait contre cinq aveugles, empêtrés dans un voile de colle noire !

Il décapita le premier, transperça le second. Les monstres s'affaissaient sur le sol et se délitaient lentement. Shaar-Lun eut l'impression de se débarrasser de golems de vase… La boue coulait de leurs dépouilles et se répandait en une flaque luisante.

Shaar-Lun virevoltait parmi ses adversaires. Sentant sa présence, ceux-ci ferraillaient au hasard sans parvenir à l'atteindre. Il exécuta les deux suivants, mais ne put se résoudre à attaquer Kaylan.

Ce dernier déambulait, la tête renversée en arrière, incapable de flairer son odeur ou d'entendre ses pas. Shaar-Lun le rattrapa alors qu'il allait tomber dans le vide. Il le retint par le bras.

La réplique de Kaylan fut immédiate. Il pivota et balaya l'espace de son épée. Shaar-Lun eut juste le temps de se jeter au sol pour éviter la charge. Il roula sur lui-même et se mit hors de portée de la lame de son père. Kaylan marchait de nouveau vers lui, gros insecte pataud engoncé dans son cocon de vase.

– Père ! hurla Shaar-Lun, au désespoir. C'est moi, votre fils ! Arrêtez, je vous en prie !

Mais Kaylan restait sourd à ses supplications. Il levait mécaniquement son arme et taillait dans le vide.

La boue finissait de se liquéfier et laissait peu à peu apparaître de la chair blême, des vêtements lacérés…

Kaylan retrouva l'usage de sa voix et grogna comme une bête sauvage. Puis ses yeux s'ouvrirent, dévoilant des pupilles vides.

Shaar-Lun se planta devant lui et baissa sa garde.

– Je ne me battrai pas contre vous, déclara-t-il. Je sais que vous allez me reconnaître et cesser le combat…

Kaylan le dévisagea, indécis. Il hésitait en dansant d'un pied sur l'autre. Une lueur passa dans son regard. Un moment, sa pupille s'anima.

– Shaar… Lun ? balbutia-t-il.

Shaar-Lun se détendit. Il ouvrit les bras et fit un pas en avant.

– Je le savais ! L'Empereur-Mage n'a pas pu se joindre aux troupes du chaos !

L'épée de Kaylan l'atteignit soudain à la cuisse. La douleur foudroya Shaar-Lun, qui s'écroula :

– Père ! Non !

Mais Kaylan levait déjà son épée.

Shaar-Lun se ramassa et évita le coup. Il frappa du plat de sa lame, touchant Kaylan au genou. Celui-ci râla et s'effondra. Alors Shaar-Lun se redressa et, d'un revers violent, le heurta à la tempe.

L'Empereur-Mage resta inerte sur le sol. La boue dessinait autour de lui un linceul de nuit.

Shaar-Lun, le souffle rauque, déchira un morceau de son pagne pour se garrotter la cuisse. Puis il s'empara de l'épée de son père avant de s'écarter de lui. « Je sais ce qu'il me reste à faire », pensa-t-il. La tête lui tournait, et il peinait à se concentrer. « Il le faudra bien, pourtant ! »

Il s'assit en tailleur, récupéra à sa ceinture sa petite bourse de cuir et y préleva les ingrédients. Il les malaxa avec soin et les jeta sur Kaylan. Puis il prit une forte inspiration et psalmodia l'incantation.

Kaylan eut un sursaut et se cabra. Il se redressa sur un coude, fixa Shaar-Lun et ses yeux se révulsèrent. Il se mit à saliver et resta dans cette position. Un ectoplasme s'échappa de sa bouche. Il dansa au-dessus du souverain et se stabilisa en face de Shaar-Lun.

– Père, vous connaissez ce sort. C'est ma mère qui nous l'a enseigné à tous deux… Votre corps ne répond plus, mais votre esprit m'appartient. Vous ne pouvez lutter.

Une voix inhumaine se fit entendre :

– Parle, maître, et je te répondrai…

Shaar-Lun avait le cœur gros. Il traitait son père comme un vulgaire esclave… « Ce n'est pas ton père ! criait une voix dans son esprit. Ne lui témoigne aucune pitié ! C'est une bête malfaisante ! » Mais une autre voix l'exhortait à la mansuétude. Kaylan était victime d'un terrible maléfice.

– Qui vous a mis dans un tel état ? commença Shaar-Lun d'une voix pâle.

L'ectoplasme fut agité de soubresauts. Il ricanait :

– Le général des Ténèbres n'a pas pour habitude d'abandonner ses adversaires. Le repos éternel n'existe pas : il s'agit d'une damnation…

Shaar-Lun sentit son cœur se couvrir d'un voile de glace :

– Vous voulez dire…

L'ectoplasme rit de plus belle :

– Oui, Shaar-Lun. Je suis mort ! Kaylan n'est plus, il a péri en plongeant dans les eaux sombres ! Mais le général est un sorcier puissant. Il a repéré mon corps, l'a extirpé du lac et en a fait un guerrier d'élite de sa garde. Il apprécie particulièrement de m'envoyer tuer et piller pour son compte…

Shaar-Lun ne put retenir un sanglot :

– Que puis-je faire pour vous libérer ?

L'ectoplasme émit un grincement odieux.

– Rien. Tu ne peux rien ! Je suis sous l'emprise du général. En ce moment, je perçois ses appels. Il m'enjoint de résister, de me rebeller. Il emploie le même sort que toi, et sa puissance augmente à chaque instant. Bientôt, tu ne pourras plus me tenir. Je me lèverai, et je chercherai à te tuer. Tu devrais fuir, pendant que tu le peux. Ou me clouer au sol…

Le grincement retentit de nouveau, plus long, plus fort, insupportable :

– Le général me fait savoir qu'il adorerait que tu sois obligé de te débarrasser de ton propre père…

Shaar-Lun hurla de désespoir. Le piège était abominable, il ne voyait aucune issue. Dans quelques secondes, il devrait choisir. Laisserait-il Kaylan le mettre à mort, ou frapperait-il le premier ?

Il se cacha le visage dans les mains.

– Je n'en ai plus pour longtemps, dit le spectre. Le général reprend le contrôle de mon enveloppe corporelle…

Kaylan se redressa. La boue l'avait quitté, il n'en restait que quelques traînées qui zébraient sa peau et maculaient ses cheveux blancs. Il se pencha pour ramasser son épée.

Shaar-Lun s'éloigna aussi vite qu'il le put. Sa cuisse le faisait atrocement souffrir. Kaylan fut sur lui en quelques bonds. Il leva son épée.

Shaar-Lun ferma les yeux. L'image de Arh'En Dal lui apparut, puis celle de Sheelba. « Aie confiance, disaient-ils. Le sang impérial coule encore dans les veines de Kaylan. Tu as réveillé sa conscience. Lui aussi, il lutte… »

Shaar-Lun rouvrit les yeux et découvrit Kaylan, le visage déformé par la douleur :

– Ma tête ! Elle explose !

Son cri était celui d'un animal blessé. Il se tordait, une main sur la tempe.

– Le général…, gémissait-il. Je ne peux résister à l'emprise du général des Ténèbres !

Il se mit à parler en rafales, vomissant des mots sans suite, adoptant des timbres différents… Shaar-Lun comprit que l'Empereur-Mage était la cible d'ordres qu'il cherchait à récuser.

Kaylan se cabra et sembla recouvrer l'esprit.

– Merci, mon fils, souffla-t-il.

Shaar-Lun, abasourdi, n'eut pas la force de parler.

Kaylan lui adressa un sourire triste :

– Je ne dispose que de peu de temps, Shaar-Lun. Arh'En Dal m'a parlé : je connais ton destin. Tu dois mener au bout ta mission.

Il se détourna et se dirigea vers le vide.

– Non, père ! Ne faites pas ça, je vous en conjure !

Kaylan regarda Shaar-Lun. Tout l'amour d'un père pour son fils se lisait dans ses yeux :

– N'aie crainte, mon enfant. Je suis déjà mort…

Il plongea dans le vide. Shaar-Lun, au comble du désespoir, aperçut l'Empereur-Mage qui tourbillonnait dans les airs. Il tombait droit sur la goélette, dérivant une dizaine de mètres plus bas.

Les yeux écarquillés, il vit Kaylan rebondir sur l'enveloppe de cuir du dirigeable, s'accrocher aux gréements. Le souverain se laissa glisser le long de la voilure et se rétablit sur le pont. Il fut aussitôt cerné par des marins armés. Alors il entama son dernier ballet de mort, fauchant de sa lame tous ceux qui se trouvaient à sa portée.

Il fut submergé par la marée de mutants de boue.

Fou de douleur, Shaar-Lun assista à la fin de l'Empereur-Mage de Selenæ.

Il resta hébété un moment, puis les termes de la prophétie lui revinrent en mémoire : « L'Élu ne fera qu'un avec le Dragon et trouvera le sommeil. À l'heure du Jugement, le Titan plongera dans les Ténèbres et son feu achèvera de les consumer. Quiconque contemple le Dragon dans son entier s'embrase et périt au milieu des flammes… »

Il se retourna et considéra l'encolure du Titan.

Il sut d'instinct ce qu'il lui restait à faire.

21

Shaar-Lun entama l'ascension du cou du Dragon. Il marchait dans la lumière, les yeux mi-clos. Les reflets du soleil sur la carapace d'obsidienne lui vrillaient les pupilles et le mettaient à la torture.

Il parvint enfin à la base de la gueule du Titan et s'y agenouilla. Il saisit son épée, et la plongea sous une écaille. Il fit levier de sa lame et souleva l'épaisse pellicule de chitine.

Lorsque la chair du Dragon lui apparut, sombre et palpitante, le tatouage s'éveilla sur sa gorge. Sans réfléchir, Shaar-Lun incisa la peau de la pointe de son arme et plongea les mains dans la plaie. Il crut défaillir, tant la souffrance qui l'irradia était intolérable. Il poussa un long hurlement, mais tint bon.

Alors que les ondes qui parcouraient son corps atteignaient leur paroxysme, *LA* voix se fit entendre au plus profond de son esprit :

– Te voilà enfin, disait-elle.

Son ton était clair, le timbre cristallin et flûté.

Shaar-Lun serrait les mâchoires au point de faire éclater ses dents. La chair du Dragon le dévorait comme un acide. Il considérait ses bras, dont la peau se couvrait de cloques. Il ne parvenait pas à se concentrer, il allait s'évanouir…

LA voix se fit entendre de nouveau, paisible :

– La douleur n'est rien. Oublie-la. Viens à moi, fonds-toi en moi !

Shaar-Lun endurait le martyre. Il délirait, la tête lourde, et s'abandonnait. Il aurait voulu mourir, il aurait accueilli la mort comme une délivrance…

LA voix se fit insistante :

– Ne lutte pas. Tu es parvenu au bout du voyage. Viens ! Inutile de prolonger ce combat…

Alors Shaar-Lun se détacha de son enveloppe corporelle. Il se soumit à la torture. Il s'en baigna et la digéra, pour ne plus la ressentir.

Il ouvrit à nouveau les yeux et constata que ses bras étaient presque rongés par l'acide, sans qu'il perçoive de souffrance. Il s'était délivré des sensations charnelles…

LA voix retentissait à présent tout autour de lui :

– Tu y es parvenu ! Tu as oublié ton corps pour ne plus écouter que ton esprit. Nous devons nous unir, Shaar-Lun, ne plus faire qu'un… Tu dois accepter de disparaître en mon sein.

Shaar-Lun fut tenté de s'exécuter, mais un doute affreux l'en empêcha à l'ultime instant. Était-ce vraiment la voix du Dragon ? Ou était-ce une dernière tentative du général des Ténèbres pour lui faire commettre l'irréparable ? Son corps n'était-il pas en train de se dissoudre au contact du Titan ?

Son hésitation lui fut fatale. La douleur s'éveilla, explosant dans chaque fibre de sa chair. Il hurla à s'en rompre les cordes vocales.

L'appel se fit plus impérieux :

– Viens à moi !… Viens *avant de mourir*.

Shaar-Lun délirait. Il n'était plus qu'une plaie vive.

Il repensa à ses parents, à Fawna, à ses amis morts pour lui permettre d'accomplir la prophétie…

Il plongea, la tête en avant, et s'enfonça dans la chair brûlante de la Bête.

Un froid intense le saisit.

Toute peine disparut.

Et ce fut le noir.

22

Shaar-Lun ouvrit les yeux, et le brouillard opaque qui l'entourait se dissipa. La surprise lui arracha un cri : il se trouvait suspendu au-dessus du vide, à une altitude folle.

– Reste calme, fit *LA* voix. Tu ne crains rien.

Shaar-Lun embrassa le décor d'un regard : il voyait toute l'étendue des montagnes brumeuses, les ruines de Selenæ, l'océan de Ténèbres qui inondait l'immense vallée… Il planait au-dessus de tout cela !

– Je… je vois par les yeux du Dragon, balbutia-t-il.

– Oui, reprit *LA* voix. Tu t'es fondu en moi. Nos esprits se sont unis : nous ne faisons plus qu'un.

Shaar-Lun se laissa griser un moment. Il était envahi d'une énergie nouvelle. Il n'avait pas mal, ne sentait qu'une douce torpeur. L'existence lui apparut sous un jour nouveau. Il dérivait, baigné de soleil…

Il se ressaisit cependant : Fawna ! Les survivants ! Il avait une mission à accomplir.

– Oublie cette prophétie, dit *LA* voix. Tu n'as plus rien à craindre. Nous sommes immortels. Tout ce dont nous avons besoin, c'est la chaleur. Et ce soleil nous en dispensera pour l'éternité.

– Mais je ne suis pas venu à ta rencontre pour cela, s'emporta Shaar-Lun. Tu occultes le soleil, et mon peuple meurt de cette éclipse !

LA voix se fit grondante.

– Ne crois pas que je t'ai laissé me rejoindre sans raison, enfant d'homme ! J'ai dû me soumettre à un stratagème intelligent. J'ai été piégé autrefois par l'un des tiens…

– Je sais, répliqua Shaar-Lun. Éliphas Reuel fut le premier à te trouver. Il rédigea la prophétie pour anéantir les effets désastreux de ton réveil. Il avait tout prévu…

– Tu n'y es pas ! l'interrompit *LA* voix.

Son ton trahissait un certain agacement, et Shaar-Lun se résolut à l'écouter sans plus intervenir.

– Celui qui portait ton nom est venu un jour dans le labyrinthe. Il l'a visité, s'en est approprié les galeries. Puis il est descendu.

« Shaar-Lun ! se dit le jeune homme. Cet aventurier qui devint l'ami de mes parents… »

– Il a lancé un sortilège à ta naissance, poursuivit *LA* voix. Je suis insensible à la magie humaine, mais il a profité d'une conjonction stellaire, et a exploité ton essence personnelle. Tu es fils de deux Empereurs-Mages, Shaar-Lun. Tu possèdes un pouvoir immense. En lançant ce sortilège, celui dont tu portes le nom nous a liés pour l'éternité…

N'y tenant plus, Shaar-Lun intervint :

– Nous sommes liés ? De quelle manière ?

– Le sortilège est puissant. Il fait de nous deux moitiés d'un seul être. Si l'un de nous devait disparaître, l'autre le rejoindrait aussitôt dans la mort. C'est pour cela que j'ai décuplé tes pouvoirs, que je te suis venu en aide chaque fois que tu en as eu besoin… N'as-tu pas noté que les mages de ton peuple s'épuisaient tandis que tu conservais toute ton essence ?

Le jeune homme se perdait en conjectures. Il savait qu'il devait exploiter cette situation en sa faveur… L'idée jaillit soudain.

– Nous sommes liés ? s'écria-t-il. Alors, viens avec moi dans les profondeurs de la terre. Lovons-nous tous deux dans la chaleur, blottissons-nous pour l'éternité dans un sommeil peuplé de rêves que nous partagerons. La terre sera notre abri. Un cocon chaleureux au fond duquel plus aucun humain ne viendra nous déranger, je te le jure !

– Qu'ai-je à y gagner ? Tu m'appartiens à présent. Je peux dériver à l'infini, et me nourrir du soleil…

Shaar-Lun songea à ses amis défunts, à ses parents, à Arh'En Dal qui l'avait élevé, à Shaar-Lun qui lui avait fait ce don étrange, à Fawna qu'il avait abandonnée sur cette terre, à tous les siens, qui méritaient de vivre sur une planète accueillante…

Il reprit d'un ton ferme :

– Voilà ce que je te propose : en dérivant ainsi, tu seras menacé par l'ennui.

– L'ennui, vraiment ? Tu ignores tout de l'immortalité, enfant d'homme. L'ennui est notre châtiment, le prix qu'il nous faut payer pour survivre sans fin…

LA voix hésitait pourtant. Un intérêt nouveau y vibrait. Shaar-Lun saisit l'opportunité :

– Pourtant, si tu acceptes mon marché, nous pourrons partager nos rêves. Tu me décriras les univers que tu as traversés… et je te livrerai mes sentiments.

– Tes… sentiments ? s'étonna le Titan.

– Oui. Tu ne connais que la joie ou la rage, l'ennui et l'excitation… Je t'apprendrai l'amour, la compassion…

Un long silence suivit cette dernière tirade.

– Comment comptes-tu t'y prendre ? reprit *LA* voix.

Shaar-Lun exultait :

– Je te les ferai éprouver !

Le Dragon resta songeur un long moment. L'enfant humain se jouait-il de lui ?

Il décida de lui accorder sa confiance :

– Soit. Nous allons plonger ensemble.

Shaar-Lun sentit son cœur s'emballer. Il ne reverrait plus jamais Fawna, ni les siens, mais il les sauverait. Il leur offrirait la possibilité de retrouver la lumière, de rebâtir une terre à leur image. Il se remémora le visage de sa compagne, son sourire. Il pouvait sentir son souffle sur sa peau, il entendait sa voix…

– Pardonne-moi, mon amour, murmura-t-il. Je fais cela pour toi, pour vous tous !

– Qu'est-ce donc ? l'interrogea le Titan.

– C'est un peu de cet amour que je te parlais…

Le Dragon battit des ailes. Le décor défila sous les yeux de Shaar-Lun en une sarabande affolée.

– Il faut m'accorder une chose avant de m'entraîner pour toujours avec toi, souffla le jeune homme.

– Ce que tu voudras, petit homme.

– J'aimerais accomplir la prophétie.

Shaar-Lun récita les mots lus par Arh'En Dal :

« À l'heure du Jugement, le Titan plongera dans les Ténèbres et son feu achèvera de les consumer. Quiconque contemple le Dragon dans son entier s'embrase et périt au milieu des flammes… »

– Comme tu voudras, Shaar-Lun. Commande, et j'obéirai.

23

Alors le Dragon prit de l'altitude. Fouettant l'air de sa queue reptilienne, il créa un tourbillon formidable, qui aspira les armées des Ténèbres dans son sillage.

Quand l'armada fut assez haut dans le ciel, le Dragon plongea de nouveau. Les vaisseaux du chaos restèrent suspendus dans les airs.

Le Titan piqua comme pour embrasser la terre et redressa sa course au dernier moment, effleurant les crêtes du bout de ses ailes membraneuses. Il passa au-dessus de l'océan obscur qui s'ouvrait dans les montagnes.

Dans les dirigeables, la terreur était à son comble. Les mutants geignaient, aveuglés par la lumière du soleil. Certains fondaient déjà, se répandaient en flaques noirâtres sur les ponts des navires.

D'autres se penchèrent par-dessus le bastingage pour suivre la course du Titan qu'ils vénéraient.

Incrédules, ils contemplèrent celui qu'ils avaient fidèlement servi. D'où ils dérivaient, ils pouvaient voir le Titan, ainsi que son reflet à la surface des eaux noires…

Un à un, ils s'embrasèrent.

On ne contemplait pas impunément le Dragon dans son entier.

Les mutants se muèrent en torches hurlantes. Ils chutaient comme des pierres, communiquant l'incendie à la voilure des navires. Les dirigeables s'enflammèrent à leur tour ; ils tombaient dans un tourbillon de feu, striant le ciel de leurs panaches.

Bientôt, la surface du lac tout entière s'embrasa. Une colonne de fumée noire s'en échappait, bondissant vers le ciel.

Le Dragon survola cet océan de feu, attisant le brasier de ses ailes.

Du fond de leur abri souterrain, les rebelles discernèrent les bruits d'explosion. Ils s'approchèrent de la sortie et restèrent pétrifiés : la lumière inondait à nouveau les montagnes.

Fawna porta une main tremblante à ses lèvres :

– Shaar-Lun… Il a réussi !

Les hommes pleuraient de joie, les femmes serraient les petits contre leur sein. Pour la première fois depuis des années, ils percevaient la lumière. Qu'importaient la douleur et la brûlure : le soleil apporterait la vie !

Fawna saisit un casque et s'en recouvrit le visage. Ainsi équipée, elle s'aventura à l'extérieur.

Au loin, la silhouette du Dragon dansait dans le ciel en effectuant une vertigineuse figure.

Le Titan saluait les étoiles et les planètes – comme pour un ultime adieu.

Il disparut derrière la crête en piquant à la verticale.

La secousse effroyable jeta Fawna au sol. La terre fut agitée de tremblements…

Quand le calme revint sur les montagnes brumeuses, la jeune femme gravit la pente.

– Shaar-Lun, implora-t-elle, par la Lune sombre, non !

Elle escalada la crête et franchit le col. Le lac noir s'ouvrait devant ses yeux. Son niveau avait considérablement baissé. La terre semblait l'avaler peu à peu.

Plus aucune flamme ne brûlait à sa surface.

Lorsqu'il avait plongé en son centre, le Titan avait soufflé l'incendie.

Fawna tressaillit quand la voix de Arh'En Dal retentit dans sa tête :

– Viendra le sommeil. Le retour au calme, la paix. La délivrance…

Épilogue

Les rebelles sortaient lentement de la caverne. Le tremblement de terre les avait jetés au sol, inconscients. Combien de temps s'était écoulé depuis ? Avaient-ils rêvé ? Ils se souvenaient de l'effondrement d'une partie de la paroi, des cris, des pleurs… du silence qui avait succédé à la fureur.

Stupéfaits, ils s'avançaient à pas hésitants vers l'extérieur, une main levée devant les yeux. On avait couvert la tête des enfants de tissus épais, laissant à peine filtrer la lumière.

Quelques nuages passèrent devant le soleil, offrant un écran providentiel. La gorge nouée, les plus jeunes observaient le phénomène : ainsi, on ne leur avait pas menti ? Le soleil brûlait, réchauffait toute chose. Il baignait de sa lumière le décor, qui se parait de couleurs irréelles…

Le cœur gros, Fawna redescendait vers les siens. Elle fut accueillie par des cris de joie. Une femme surprit le regard de la jeune fille et l'enlaça pour la réconforter :

– Shaar-Lun s'est sacrifié, n'est-ce pas ?

Fawna fondit en larmes.

– Oui, sanglota-t-elle. Il a accompli la prophétie.

– Le reverrons-nous un jour ?

Fawna secoua ses longues boucles rousses. Elle leva les yeux au ciel, comme pour se persuader qu'elle n'était pas victime d'une hallucination.

– Oui, répondit-elle après réflexion. Je le sais, *je le sens* : il ne peut nous abandonner ainsi.

La tribu rassembla ses maigres affaires et quitta la grotte. On marchait tête basse – il fallait réapprendre à vivre dans la lumière. Mais les survivants se sentaient portés par un nouvel espoir : une seconde vie s'offrait à eux.

Les Ténèbres étaient retournées aux Ténèbres.

Les semaines passèrent. La tribu s'était installée dans les ruines de Selenæ. Un soir, alors qu'ils s'étaient tous réunis devant un feu de camp et que les étincelles du bûcher montaient vers les étoiles, Fawna prit la parole :

– Vous me demandiez ce qu'il allait advenir de nous, dit-elle d'une voix assurée. Nous allons reconstruire Selenæ. Shaar-Lun m'a visitée dans mes rêves.

Un brouhaha confus suivit cette annonce.

Fawna attendit patiemment que l'émotion retombe.

– Je le sais comme vous : la tâche est ardue, elle sera longue. Mais nous y parviendrons ensemble. Nous le devons à Shaar-Lun, à ses parents, à Arh'En Dal… Ils ont donné leur vie pour nous. Nous sommes les descendants des Empereurs-Mages. Nous sommes…

Elle s'interrompit et chercha ses mots. Tous ses compagnons restaient suspendus à ses lèvres. La jeune femme se redressa, les yeux emplis de larmes, et les dévisagea un à un avant de finir, dans un souffle :

– Le Dragon a tout donné aux Empereurs-Mages. Il leur a tout repris. Nous vivons sur une coquille fragile, enfermant un Titan endormi. Nous avons besoin de lui, comme il a besoin de nous. Mais

Shaar-Lun veille sur lui pour l'éternité. Comme un père bienveillant et attentif. Nous sommes ses enfants. Nous sommes… *les enfants du Dragon* !

FIN
du cycle des Empereurs-Mages

LES EMPEREURS-MAGES

Tome 1 – Le souffle du dragon
Tome 2 – L'éveil du dragon
Tome 3 – L'envol du dragon

Cet ouvrage
a été transcodé
et achevé d'imprimer
en octobre 2000
par l'Imprimerie Floch
53100 – Mayenne.

Dépôt légal : novembre 2000.
N° d'imprimeur : 49410.
N° d'éditeur : 6368.
Imprimé en France.